Le Livre du Venin

Recueils également parus chez Evertype

An Leabhar Nimhe
(Panu Petteri Höglund & S. Albert Kivinen, 2014)

The Book of Poison
(Panu Petteri Höglund & S. Albert Kivinen,
tr. Colin Parmar & Tino Warinowski 2014)

Les Aventures d'Alice au pays des merveilles
(Lewis Carroll, tr. Henri Bué, ill. Mathew Staunton, 2015)

Les Aventures d'Alice au pays des merveilles
(Lewis Carroll, tr. Henri Bué, ill. John Tenniel, 2015)

Le Livre du Venin

Histoires inspireés par H. P. Lovecraft

Quatre histoires de
Panu Petteri Höglund

Une histoire de
S. Albert Kivinen

Traduites par
Michel Jovet

Illustrées par
Mathew Staunton

evertype
2016

Publié par/*Published by* Evertype, 73 Woodgrove, Portlaoise, R32 ENP6, Ireland. *www.evertype.com.*

"Keskiyön mato Ikaalisissa" © 1987 S. Albert Kivinen.
Prémières publications dans l'irlandais/*First publications in Irish*: "Cuitiliú", *An Gael*, Samhradh 2009; "L'appel des étoiles" comme/*as* "Scairt na Réalta", *An Gael*, Fómhar 2009; "Le livre du venin" comme/*as* "An Leabhar Nimhe", *An Gael*, Earrach 2010; "Paappana", *An Gael*, Samhradh 2010. © 2009–2014 Panu Petteri Höglund.
Prémière édition français/*First French edition*, ill. Jeff Grimal, Oxford/Paris: The Onslaught Press, ISBN 978-0-9934217-6-1

Translation française/*French translation* © 2016 Michel Jovet.
Illustrations © 2012–2016 Mathew Staunton
Pour la présente édition/*This edition* © 2015 Michael Everson.

Dépôt légal d'un exemplaire de ce livre à la British Library.
A catalogue record for this book is available from the British Library.

ISBN-10 1-78201-161-7
ISBN-13 978-1-78201-161-3

Éditeur/*Editor*: Mathew Staunton.

Typographie/*Typesetting and design*: Michael Everson. Polices/*Fonts*: in Caslon & Caslon Antique

Couverture/*Cover*: Michael Everson.
    Photographe/*Photograph*: Andrejs Pidjass, Riga, *nejron.livejournal.com.*
    Photographe de/*Photograph of* Panu: Ruth Gaughan, London.
        www.magpiephotographic.com.
    Photographe de/*Photograph of* S. Albert: Sami Syrjämäki, Helsinki.

Imprimé par/*Printed by* LightningSource.

Sommaire

Préface de l'édition irlandaise

Malgré mon intérêt passionné pour la prose sous toutes ses formes, y compris pour les histoires d'horreur, je n'ai entendu parler ni de Howard Phillips Lovecraft ni du mythe de Cthulhu, malgré des années à dévorer des livres, qu'en entrant à l'université, quand les auteurs officiant dans ce style ont commencé à écrire des histoires à la manière de Lovecraft, s'efforçant de replacer les « Grands Anciens », les dieux et monstres qu'il avait rêvés, dans un contexte culturel et géographique finlandais. Comme Lovecraft, ils firent de leur mieux pour brouiller la frontière entre réalité et fiction, en insérant de fausses références à des événements historiques et des endroits qui leur étaient familiers.

S. Albert Kivinen fut le pionnier du Lovecraftisme en Finlande. Il a passé plusieurs années à donner des conférences de théorie philosophique à l'Université d'Helsinki, et ses recherches sont principalement concentrées sur l'ontologie. Il adore les philosophes anglais, comme Bertrand Russell, G. E. Moore, et C. D. Broad. Bien qu'étant de nature sceptique, rationaliste, et matérialiste, il a toujours été intéressé par les choses d'un autre monde—les superstitions, la sorcellerie, l'occulte et les choses de ce genre—les considérant comme des questions d'intérêt philosophique et épistémologique. Quel serait le raisonnement à suivre pour démontrer l'existence des fantômes, ou du monstre du Loch Ness, et quelles preuves devrait-on apporter pour appuyer ce raisonnement avec suffisamment d'efficacité ? Ce n'est qu'un exemple du genre de problèmes sur lequel Kivinen a réfléchi avec grand sérieux. Les étudiants qui assistaient à ses conférences ne s'ennuyaient jamais, et ont beaucoup d'anecdotes amusantes à raconter à propos de cet homme extraordinaire.

Parmi le travail de pionnier effectué par Kivinen pour rendre Lovecraft accessible aux lecteurs finlandais se trouvait sa nouvelle « Keskiyön Mato Ikaalississa » (Le Ver de Minuit à Ikaalinen). C'est de nos jours un classique mineur du genre, qui est apprécié des finlandais amateurs du style de Lovecraft. L'histoire de déroule dans le lieu de naissance de l'auteur lui-même, et comprend des références à l'histoire du pays : la guerre civile entre les Rouges et les Blancs en 1918, par exemple, ou la régence suédoise du politicien finlandais Gustaf Adolf Reuterholm à la fin du dix-septième siècle. On peut dire que le rôle joué par Providence dans la géographie du « pays de Lovecraft » aux Etats-Unis est ici joué par Ikaalinen dans la géographie « cthulhuiste » de la Finlande actuelle, et ce grâce à l'impact qu'a eu la nouvelle de Kivinen sur le genre dans le pays.

Le Livre du Venin

L'histoire de Kivinen fut publiée pour la première fois dans le magazine *Portti Science-Fiction* en 1987, dans une édition spéciale consacrée à Lovecraft. L'auteur l'a publiée à nouveau en 1990 dans son livre *Merkilliset kirjoitukset : Novelleja, artikkeleita, filosofiaa* (Les Écritures remarquables : nouvelles, articles, philosophie). Ce livre était une anthologie de textes écrits par Kivinen, publiée par Pirkamaan Kirjapaino ja Lehtikustannus, et constituait le quatrième volume dans la série Atlantis-kirjasto (La Bibliothèque d'Atlantis) et, d'après ce qu'on m'en a dit, les autres volumes sont nés de la plume d'écrivains qui croyaient fermement en l'existence de ce monde surnaturel. Sa troisième publication fut éditée très rapidement après celle-ci. Entre 1980 et 1992, la Société Astronomique Finnoise, URSA, a publié de la science-fiction en finnois, comme par exemple les travaux de Robert A. Heinlein, d'Orson Scott Card, et de Clifford D. Simak, ainsi qu'un recueil de nouvelles écrites par des auteurs finlandais. En 1991, Raimo Nikkonen édita une telle anthologie de nouvelles sous le titre *Keskiyön Mato Ikaalisissa*, d'après le titre de celle de Kivinen. C'est en lisant ce recueil que j'ai fait la connaissance du travail de Kivinen.

À cette époque, au début des années quatre-vingt-dix, je rencontrais la langue irlandaise pour la première fois. Les locuteurs irlandais que je connaissais se plaignaient du peu de littérature disponible dans cette langue, et je pris la résolution d'y ajouter ce genre de sujet dès que je saurais suffisamment parler la langue. Une partie de ce rêve était de traduire l'histoire du ver à Ikaalinen qui nous avait tant inspirés en Finlande à l'époque, et je suis fier d'avoir pu la présenter aux personnes lisant l'irlandais dans *An Leabhar Nimhe*, publié par Evertype en 2012, avec d'autres histoires de la même eau, que j'ai écrites.

Panu Petteri Höglund,
Turku, Halloween 2012

Préface de la prémière édition française

The Onslaught Press est enchantée de vous présenter l'adaptation française de Michel Jovet de *An Leabhar Nimhe*, un recueil révolutionnaire de nouvelles lovecraftiennes écrites par les auteurs finlandais S. Albert Kivinen et Panu Petteri Höglund.

La publication originale en irlandais par nos amis d'Evertype en 2012 fut un événement particulièrement important. C'est en effet Kivinen qui a apporté Lovecraft aux lecteurs finlandais par le biais de sa nouvelle primée du Atarox Award de la meilleure nouvelle en finnois, « Le Ver de Minuit à Ikaalinen », et Hoglund (qui est considéré comme l'un des plus grands auteurs vivants de prose en irlandais) qui a permis à Kivinen de toucher un plus encore plus large grâce à sa superbe traduction en irlandais. Les nouvelles d'Höglund entrelacent le monstre d'une autre dimension de Kivinen avec l'Histoire irlandaise, la

Le Livre du Venin

jeunesse d'Höglund en Finlande, et les recoins les plus sombres des Dublin et Helsinki contemporaines.

Cette nouvelle édition associe l'adaptation sensible et impliquée de Michel Jovet aux stupéfiantes illustrations de Jeff Grimal, compositeur, guitariste, chanteur du groupe The Great Old Ones et interprète majeur du Lovecraftisme en France.

Mathew Staunton
The Onslaught Press
Oxford, 15 mars 2016

Cuitiliú

Il est ardu de trouver une quelconque référence à Cuitiliú dans la littérature irlandaise, mais ce n'est pas étonnant. Même si les moines de l'ancienne Irlande acceptaient de relativement bonne grâce l'existence historique du cycle Fenian et du cycle d'Ulster, ils ne réservaient pas le même accueil au cycle de Cuitiliú. Ils avaient reçu l'ordre de Dieu ou de l'Église d'éradiquer le paganisme et les pratiques diaboliques jusque dans les moindres recoins de l'Irlande, et s'ils n'avaient pas considéré le Cuitiliúisme comme une pratique diabolique, je ne vois pas ce qui aurait pu l'être à leurs yeux. On reconnaît un arbre à ses fruits, et si les moines avaient posé les yeux sur les terribles fruits empoisonnés qui poussent sur l'arbre de Cuitiliú, qu'ils n'eurent pas arraché la moindre petite racine de cet arbre pour en faire un feu de joie eut été un petit miracle.

Malgré tout, il était naturel que les vestiges du Cuitiliúisme puissent survivre ici et là, même sur l'Île des Saints et des Savants. Amhlaoibh Ó Súilleabháin, à Callan, dans le comté de Kilkenny, en était conscient lors de l'écriture de son Journal, peu avant la Grande Famine. Comme nous le savons aujourd'hui, deux éditions importantes de ce journal furent imprimées, l'édition intégrale McGrath et le recueil d'extraits de Tomás de Bhaldraithe. Toutes deux ont négligé un manuscrit qui, sans l'ombre d'un doute, a sa place dans ce Journal, puisque rédigé de la main de Ó Súilleabháin lui-même. Ceci étant, il convient de se rappeler que l'écriture de l'auteur montre clairement sa peur et sa panique, ce qui est bien compréhensible au vu du contenu du manuscrit. Certains passages sont difficilement déchiffrables, et d'autres sont à peine crédibles.

Pour résumer, il se trouve que Ó Súilleabháin et son ami, « Professeur Physick », un médecin du nom de Patrick Keeting, eurent vent de rumeurs concernant « d'étranges rites païens et obscènes » ayant lieu aux alentours de l'endroit connu sous le nom de Devil's Cliff. Ce manuscrit est l'unique document dans lequel cet endroit est mentionné. Aucune autre source n'y fait référence. Ó Súilleabháin semble s'être retenu de citer le vrai nom du lieu où ces événements se sont produits, afin que personne ne soit en mesure de s'en souvenir. La seule chose que l'on puisse dire avec un certain degré de certitude est que cet endroit se situe dans le comté de Kilkenny, loin de toute habitation humaine.

La première chose que virent Ó Súilleabháin et le Professeur en arrivant sur place fut la tête d'un homme, placée au-dessus de la porte principale du village. La chair ne s'était pas encore totalement

détachée du crâne, mais pourtant, des mouches y voletaient, entrant et sortant des orbites, y faisant résonner un bourdonnement creux. Les deux hommes, qui avaient été témoins de bien des horreurs avant celle-ci, ressentirent quand bien même un frisson de terreur, et durent s'arrêter quelques instants pour vomir leur petit déjeuner sur le côté de la route.

Ce fut encore pire lorsque Ó Súilleabháin et le Professeur passèrent la porte, et virent les restes épars du grand trépas gisant sur la place. Des os humains gisaient au hasard. Certains avaient été utilisés pour décorer les maisons, et d'autres avaient été grossière-ment adaptés pour en faire des outils, qui traînaient ici et là. Il était évident que ces effroyables instru-ments n'étaient pas le travail de fins artisans, mais plutôt l'œuvre d'une personne malhabile ayant essayé d'adapter l'os le plus proche à son travail du moment, le laissant de côté une fois sa fonction remplie, sans même penser à s'en resservir plus tard.

C'était évident : on s'entretuait, on s'entre-dévorait, ici. Pour Ó Súilleabháin, et pour le Professeur, que de tels actes puissent se produire quand la nourriture se faisait rare ne faisait aucun doute. Cependant, à Devil's Cliff, la faim ne semblait pas être une raison valable pour expliquer cette épidémie de canni-balisme. Les moissons, de même que la traite ou l'abattage du bétail, n'avaient été faits depuis bien longtemps. Les vaches se promenaient librement. Certaines d'entre elles étaient redevenues sauvages, et d'autres, laissées à elles-mêmes, étaient mortes faute de soins.

Cuitiliú

Ó Súilleabháin et le Professeur pensaient de prime abord qu'il n'y avait plus âme qui vive à Devil's Cliff, mais ils finirent par rencontrer un petit groupe de personnes. Leur manière de se tenir et leur comportement les faisaient *plus ressembler à des bêtes dénuées de facultés de raisonnement, ou à de noirs démons, qu'à des êtres humains créés par Dieu*, d'après la description qu'en fait Ó Súilleabháin dans son manuscrit. Ils étaient incapables de construire une phrase intelligible dans quelque langue que ce soit. L'un d'eux riait de façon hystérique en essayant d'indiquer au Professeur qu'il désirait lui parler, mais son charabia n'avait que peu de sens.

Ó Súilleabháin, aidé par le Professeur, fit de son mieux pour transcrire les bribes de paroles qu'il recueillit des lèvres de ce pauvre hère. Le mot qu'il marmonnait le plus était « Cuitiliú », mais il mentionnait également « Cú-tú-Gá » et « Sadogooa », ou les « Grands Anciens », les « Grands Ainés », qui étaient « endormis, attendant leur heure ». « Ils vont nous dévorer », affirmait le dément, « et c'est une bonne chose, car heureux celui qui est mangé le premier ! ». Le Professeur ne put s'empêcher de s'écrier « Par Dieu ! », ce qui mit le survivant en colère. « Pas Dieu », dit-il, « il n'y a de dieu que Cuitiliú, et Cuitiliú va venir nous dévorer, et heureux celui qui est mangé en premier ! Les Grands Anciens sont plus vieux que le Christ ! Ils sont plus anciens que le Dieu des Chrétiens ! » Il s'exprima ensuite dans une langue que ni le Professeur ni Ó Súilleabháin, malgré leur maîtrise commune du latin, du français, de l'irlandais ou de l'anglais, ne purent déchiffrer. Parmi les paroles du dément, O Súillebháin nota « Cuitiliú fa-tagh-an », ainsi que « Eádh Eádh Satógua ».

Les autorités anglaises arrivèrent peu après à Devil's Cliff, pour faire disparaître les traces de ces « étranges rites païens ». Le village tout entier fut réduit en cendres, et les os furent enterrés sur place. Un officier anglais de haut rang prit la décision d'exécuter tous les survivants. Il accepta d'endosser la pleine responsabilité de ce massacre. Après avoir étudié le comportement des survivants, il en vint à la conclusion qu'ils ne pourraient pas être soignés, et pensait également qu'une maladie contagieuse était peut être à l'origine de leur état. Il déclara qu'il était préférable d'éviter sa propagation à l'ensemble de la société, même si cela impliquait d'assassiner ces gens.

La Grande Famine frappa l'Irlande peu après ces événements. Si de quelconques traces de croyances païennes étaient parvenues à survivre dans cette région jusqu'à cette époque, elles ont dès lors disparu avec les habitants. De vagues souvenirs de cannibalisme associés au culte de Cuitiliú ont peut-être subsisté, mais ils sont bien souvent rattachés aux horreurs de la Famine. Ceux qui avaient l'occasion d'entendre l'histoire des cannibales de Devil's Cliff pensaient que la faim était à l'origine de telles atrocités.

Il est difficile de dénicher ne serait-ce qu'une trace diffuse de ces événements dans les archives de l'histoire du folklore. Comme c'est le cas pour la Collection de Manuscrits des Écoles, c'est un lieu commun que de dire que ces événements, aussi importants qu'ils puissent être, ont été passés sous silence parce que les anciens ne voulaient pas tout raconter aux petits enfants. C'est pourtant ce que nous avons de mieux en irlandais. Les anciens évitaient de parler du Cuitiliúisme, même s'ils en connaissaient l'existence. Quiconque parlait trop un jour, se montrait souvent bien plus taciturne le lendemain. C'est ce que le vieil archiviste du folklore Seoirse Mac Cuarta a écrit sur un lieu nommé Mín na bPléasc :

Peu de personnes savaient encore parler irlandais à Mín na bPléasc à cette époque, mais j'ai tout de même fait la connaissance d'un vieil homme appelé Joe Jimín Shéamuis Mhóir, ou Seosamh Ó Gallchóir. Joe Jimín possédait un savoir extrêmement vaste du folklore de la région, et m'offrit sans aucune réserve son immense et généreuse érudition concernant ces histoires lorsqu'il eut compris ce que je recherchais à cet endroit. Il connaissait un nombre important d'anciennes histoires gaéliques, récitant toujours sa propre version enluminée d'expressions et de tournures de phrases de la région. De plus, il faisait également référence à des histoires que je n'avais entendues d'aucun autre conteur avant lui, et qu'on ne m'a toujours pas racontées, des histoires dont son souvenir n'était qu'un faible écho. Il me parla une fois d'une sorte d'être appelé Cutló :

SMacC : Est-ce que les anciens avaient des histoires de fin du monde, qui parlent de la manière dont le monde va se terminer?

7

JJ : Il y avait ce poème, le poème qui parle de la Fin des Temps. Beaucoup de gens le connaissaient, à l'époque. Tom Beag Thomáis Bháin, de l'autre côté de An Cnocán Gorm avait sa propre version, il était tailleur, vous savez, un tailleur était très attaché à la tradition orale, les vieilles histoires et les poèmes, mais à l'époque, Babaí Bhán avait une version différente, elle avait sa propre version. C'était une vieille femme, plutôt étrange, vous savez, elle a toujours fait les choses à sa façon, et elle était en deuil depuis le jour où la police avait tué son fils, Dieu bénisse les âmes des morts, elle a probablement perdu l'esprit depuis ce moment-là, bon dieu. En dépit de cela, elle suivait la tradition orale, et se racontait des histoires toute seule de temps en temps, et les gens qui passaient s'arrêtaient souvent pour écouter les histoires de Babaí. C'était une personne assez étrange, c'est vrai, mais aussi, elle était amicale, et elle aimait que les gens s'intéressent à ses histoires, peut-être que ça calmait sa douleur après la mort de son fils. Enfin, elle avait sa propre façon de raconter la Fin des Temps, pleine de choses effrayantes. Je l'ai souvent entendue la raconter, et même si je l'ai écoutée, je ne l'ai jamais retenue, parce que j'avais tellement peur que je n'arrivais pas à me concentrer sur les mots pendant que je l'écoutais.

SMacC : Qu'est-ce qui était si effrayant ?

JJ : Elle parlait beaucoup des monstres qui prirent possession du monde en attendant le Jugement

Cuitiliú

Dernier, mais à la fin de l'histoire le Fils de Dieu ne revenait pas. Il ne reviendrait jamais, c'est ce qu'elle disait. Il n'y aurait que des monstres à la fin du monde, et Cutló était le plus puissant d'entre eux. Cutló reposait au fond des océans, et un peu mort, mais en même temps il n'était pas vraiment mort, mais il dormait, et attendait le jour où il pourrait revenir piétiner le monde et dévorer la race humaine toute entière, ou bien faire s'entre-dévorer les gens ...

Je n'ai pas pu trouver plus de choses à propos de ces horreurs. Par la suite, le puits de son hospitalité s'est brutalement tari. Joe Jimín refusa de me parler, car il avait dit à voix haute le nom fatidique de Cutló. Lorsque je suis revenu le voir, on m'a fait rebrousser chemin, le vieil homme étant tombé malade sans crier gare. Et comme si cela ne suffisait pas, sa famille me croyait fermement responsable de la dégradation soudaine de son état. Ils s'étaient mis en tête que j'avais fait saigner une vieille blessure, et que je m'occupais de choses qui ne me regardent pas. En définitive, je dus repartir, et quand l'autre personne (une de mes connaissances) est arrivée pour recueillir de vieilles histoires et des traces de la langue irlandaise de la part des anciens, Joe Jimín était déjà mort, et les autochtones se montraient très inhospitaliers envers les étrangers. Ils essayèrent de faire passer leur réticence pour le sectarisme religieux dont font preuve les gens du Nord, mais leur auditeur comprit cependant que n'était qu'une simple excuse trouvée dans l'urgence.

Par ailleurs, personne ne sait où Mín Na bPléasc se trouve. Il s'agit très probablement d'un faux nom, comme Devil's Cliff. Mac Cuarta est mort peu après cela, laissant ses manuscrits à son ami Prionsias Ó Conluain. Il semble qu'Ó Conluain n'en ait pas fait grand-chose. Ils le terrifiaient bien trop.

L'appel des étoiles

Je m'appelle Máirtín Mac Cuarta. Je suis né et j'ai grandi à Dublin, mais malgré cela, ce sont mes parents qui m'ont enseigné l'irlandais. Mon père, l'un des rares dont la langue maternelle était l'irlandais de Tyrone, accordait peu d'importance au regain d'intérêt pour cette langue, mais il pensait quand même que ses enfants devraient entendre et parler la langue au sein du foyer familial. Cela faisait partie de l'héritage de notre peuple, et il nous a bien fait comprendre que cet héritage ne devait pas être négligé. Ma mère, elle aussi, était de Ceathrú Thaidhg, dans la Gaeltacht de Mayo du nord, où l'on pratiquait cette langue couramment quand elle n'était encore qu'une petite fille, et aussi loin que je me souvienne, elle a toujours utilisé son propre dialecte lorsqu'elle m'adressait la parole.

Mon père connaissait beaucoup d'histoires et de traditions orales de sa région natale car la poignée de personnes qui parlaient encore irlandais là-bas avait l'habitude de rendre visite le soir à sa famille. Bien sûr, beaucoup de spécialistes du folklore et d'étudiants venaient régulièrement discuter et transcrire ses histoires—des histoires que personne d'autre ne connaissait, à l'époque. Je dois admettre que mon père ne se montrait pas toujours accueillant envers ces visiteurs, mais, en homme poli et bien élevé, il faisait de son mieux pour leur faire plaisir. Il restait cependant inquiet de l'intérêt que pourraient porter ces visiteurs à ses manuscrits, ceux que son propre grand-père avait laissé à sa descendance, et qu'il gardait cachés dans un tiroir, rassemblés dans une housse noire fermée avec une chaine cadenassée. Il s'agissait d'écrits en irlandais parlant des « ancêtres », d'après ce que j'en ai compris quand j'étais jeune homme, et il y avait de la magie dedans, comme il me l'avait expliqué un jour. « Les universitaires ne comprennent pas la magie » m'avait-il dit, une fois. « Ils causeraient bien des soucis à tout le monde, s'ils jetaient un œil sur les écrits des 'ancêtres'. À nous comme à eux. » Quand je lui ai demandé qui étaient ces « ancêtres », il ne m'a pas donné beaucoup d'informations. Il ne s'agissait pas des vieux poètes gaéliques, mais d'un groupe de gens bien plus anciens. En fait, ils étaient plus vieux que Dieu lui-même, avait murmuré mon père, les yeux emplis de terreur.

Nous n'étions ni particulièrement dévots, ni réellement attachés au dogme catholique, mais nous allions pourtant régulièrement à la messe. Mon père plaçait ses espoirs de consolation et de courage au milieu de cette vallée de larmes dans la religion. Il était cependant enclin à penser que l'autre monde était loin d'être aussi simple que la religion chrétienne aurait aimé nous faire croire. Il croyait fermement en l'existence des fantômes, des fées, et des esprits, et se perdait parfois en conjectures et en théories sur tous ces êtres surnaturels. Pouvait-on être certains que les anges de Dieu étaient plus puissants que ces forces cachées ? D'après ce qu'il avait déduit de ses réflexions, non, on ne pouvait pas. Son cœur en était attristé, et cette tristesse ne l'a jamais quitté.

Mon père ne m'a pas donné d'explication satisfaisante quand j'ai discuté avec lui du contenu de ces écrits. Il a cependant bien insisté sur la présence dans ces écrits de « visions de cet arabe—un homme assurément fou, car il n'a pu que perdre l'esprit, après ce qu'il a vu ».

Au départ, je me suis dit qu'il parlait du Coran—ou peut-être une version altérée par une traduction en gaélique. Les écrivains de l'ancienne Irlande étaient très érudits, et la plupart des anciens poètes savaient lire le latin. La première idée qui m'est venue, dès que je fus assez vieux pour contempler les manuscrits de mes yeux, était que l'un des poètes, entré en possession de la première traduction latine des saintes écritures islamiques, avait écrit un long poème pour résumer ce qu'il avait compris du contenu du livre. On sait que les chrétiens de cette époque étaient très hostiles envers les autres religions, et le Coran aurait pu être, sans grande surprise, considéré comme « des visions farfelues venant d'Arabie » par l'un des vieux poètes. Quand j'ai soumis cette théorie à mon père, il s'est contenté de remuer la tête, mais il a répondu ensuite que Mohammed et Jésus avait tout deux essayé de soulager la terrible peur des « ancêtres » qui tenaillait la race humaine toute entière. Les

« ancêtres » n'éprouvaient ni compassion, ni miséri-
corde, ni pitié pour l'homme, dit mon père ; mais
cependant, il était évident que l'esprit humain ne
pourrait supporter de connaitre la vérité sur d'aussi
étranges créatures. C'est pour cette raison que des
hommes bons, compréhensifs, et généreux comme
Jésus et Mohammed apparaissaient de temps à autre
pour nous soulager par leurs récits du Dieu
Miséricordieux. Ces hommes comprenaient l'amère
vérité de l'univers, et essayaient d'en protéger le reste
de l'humanité. C'est la conclusion qu'avait tiré mon
père de ces manuscrits, et des grandes figures
religieuses du monde : Jésus, Mohammed, le
Bouddha, Zoroastre—vous voyez ce que je veux dire.

Cette réponse, une hérésie du début à la fin quelle
que soit votre religion, m'a déconcerté. Mais je pris en
même temps conscience d'une sorte de creux ou de
vide au plus profond de moi : mon père avait peut-être
raison. De gigantesques et terribles forces surnaturelles étaient peut-être à l'œuvre dans l'univers,
et elles étaient peut-être plus fortes que Dieu—et
n'offraient aucun réconfort ou ne promettaient
aucune pitié pour l'humanité.

Comme je l'ai dit, je n'étais pas un catholique très
pratiquant, mais j'étais suffisamment chrétien quand
même pour trouver cette idée inacceptable. Quand
bien même, il était difficile de ne pas me dire que
cette terrible hérésie avait quelque chose de sensé. Si
l'on considérait l'immensité de l'espace, avec ses
étoiles, ses quasars, et ses trous noirs, avoir foi en le
Dieu chrétien devenait difficile. Le bien-être de
l'humanité était, d'après nos croyances, la

préoccupation principale de Dieu, mais au vu de l'immensité de l'univers, il était difficile d'admettre que Dieu, qui a entièrement créé cet univers, pourrait se soucier de notre destin. Si les dieux existaient, et qu'ils s'inquiétaient autant de notre sort, ils ne devaient pas, en fin de compte, être si importants.

Ce cas de conscience eut pour effet de faire naître mon intérêt pour la religion des Ancêtres. Ce que j'en ai compris, c'est que les Ancêtres vivaient sur certaines étoiles dans le ciel. Ils faisaient donc partie de notre univers, au contraire du Royaume de dieu, situé d'après les écritures chrétiennes dans le monde surnaturel des anges et des démons. Si on voulait avoir recours à Dieu, il fallait croire en l'intégralité du système dogmatique pour lequel aucune autre preuve n'existait que la foi elle-même. Les Ancêtres, quant à eux, étaient fermement enracinés dans ce monde tel qu'il a été cartographié par les scientifiques. Il n'y a rien d'autre. On pouvait croire tout ce qu'on pouvait lire en matière d'astronomie, de chimie, de physique, et de biologie, et croire en les Ancêtres quand même. C'était ce genre de dieux.

Mes parents sont morts soudainement. Personne ne s'y attendait. C'était un accident, ou c'est du moins ce qu'on a pensé au début, mais ce n'était pas un accident ordinaire. Ils furent trouvés morts dans la carcasse de leur voiture, mais cette affaire avait malgré tout quelque chose de bizarre. Il n'avaient pas percuté d'autre véhicule, ou du moins, les experts n'ont trouvé aucune trace de la peinture d'une autre voiture sur les débris. La vérité, c'est que les autorités n'avaient pas la moindre idée de ce qui les avait broyés à ce point.

Dans un sens, on pouvait dire que ce n'était le fait d'aucune chose terrestre, mais bien le destin. Mon destin.

J'avais vingt ans passés à l'époque, et j'essayais d'étudier un peu à l'université. Aussitôt mon père enterré, j'ai sorti les papiers sur les Ancêtres de la commode. Forcer la serrure et enlever la chaine ne me prit pas longtemps. Puis, j'ai commencé à lire le manuscrit.

J'avais raison. La religion, si c'était une religion, expliquée dans les écrits sur les Ancêtres, se rapprochait d'une description scientifique. Au cœur de ces explications très obscures se nichait, malgré tout, une vérité indéniable. Je passais bien des jours à lire ces manuscrits et à ruminer sur ce qu'ils contenaient.

J'y trouvais également des informations sur cet « arabe ». Il s'appelait « Abadulthasairid », ou du moins c'est comme ça que l'on compris les Irlandais. Son nom a dû être totalement déformé, ce qui m'a empêché, lorsque j'ai épluché les grandes encyclopédies du monde entier, depuis la *Britannica* jusqu'à la traduction non officielle de la *Grande Encyclopédie Soviétique*, de trouver un quelconque érudit de l'Age d'Or de l'Islam portant un nom similaire. Parmi les papiers se trouvait un long poème en irlandais, écrit dans le style traditionnel des raconteurs, basé sur le *Livre des âmes des morts* (ou peut-être le *Livre des noms des morts*, je n'étais pas sûr, les deux morts sont très similaires en irlandais) écrit par Abadulthasairid. Il semble que la personne ayant écrit l'histoire parlait latin couramment, comme c'était le cas de beaucoup de professeurs des écoles catholiques clandestines, et qu'elle

avait lu une traduction latine du livre de l'arabe. Il était évident qu'il ne s'agissait pas du Coran, mais d'un tout autre livre, un livre qui racontait les mystères inquiétants des vallées et de la mer, des cieux et de la terre.

J'avais commencé à prendre l'habitude de faire des promenades à la nuit tombante, pour tenter d'apercevoir l'une des étoiles qui était la demeure des Ancêtres.

Une nuit, alors que j'essayais, malgré les lumières de la ville, d'apercevoir Orion—l'une des constellations les plus reconnaissables—une bande de petits malfrats se mit à me chahuter. Ils semblaient avoir la ferme intention de m'infliger une bonne correction, avant de s'enfuir avec mon argent. Je levais les yeux au ciel, et Orion fut la première chose que mon regard perçut. Ces mots trouvèrent seuls le chemin de mes lèvres :

« Au milieu de la ceinture d'Orion
est la demeure de Condram. »

C'était l'un des vers les plus obscurs dans les traditions des Ancêtres, mais son sens était évident pour moi, désormais. Condram—je ne savais pas qui c'était—vivait sur l'étoile qui est au centre de la ceinture d'Orion, Alnilam. Je dirigeais mon regard vers l'astre, et me mis à bredouiller dans une langue que je ne connaissais pas :

Mtaq'agh gaq Khon'dorm agodach,
Vrat'agh toq Khon'dorm balonach!

18

Cette étoile scintilla comme un autre soleil—un soleil qui ne brillait que pour moi. Je vis—non, ce n'était pas une vision, plutôt un ressenti—la lumière se rassembler en une boule de feu, qui a plongé sur moi et a pénétré chaque fibre de mon être. Je sentis une chaleur nouvelle se propager en moi, un sang nouveau courir dans mes veines—et, lorsque je regardais mes mains, je les vis se transformer. Mes doigts étaient plus longs, et mes vêtements tombaient par terre au fur et à mesure que ce changement se produisait. Ma peau se détacha, laissant apparaître les segments jeunes et forts d'une énorme puce.

Je pris conscience du regard terrorisé des malfaiteurs en regardant devant moi. Percevoir l'effroi déformant leurs visages m'emplissait de plaisir, et de joie. Je tendis la main, et, en ayant attrapé un, je perçais sa chair d'un de mes doigts fraichement poussés. Oh, quel bonheur ! Les mots ne peuvent le décrire ! En buvant son sang, en lui injectant le poison qui a dissout ses veines, ses nerfs et ses muscles, je savourais chaque couche et chaque membrane, chaque os et chaque cellule. Je n'avais jamais fait un si bon repas de toute mon ancienne vie d'être humain ! Je sentais le sang vert se ruer et bouillir dans mes artères, et je pris conscience que je pourrais tirer le même plaisir, la même étrangeté, de chacune des personnes vivant sur cette terre. Tout ce que j'avais à faire, c'était simplement d'allonger mon tentacule et d'injecter mon venin.

Quelles que soient les choses qui avaient remplacé mes jambes, elles me permettaient de courir très vite. Rattraper les autres malfrats et les goûter ne me prit pas longtemps. Quand j'ai eu fini de les digérer, j'eus de nouveau faim. Au début, cela m'a un peu inquiété, ayant pris conscience que le principal problème de cette nouvelle forme que j'avais adopté était que mon appétit n'était assouvi que pour une seconde, après quoi j'avais besoin de plus de nourriture humaine. Cela dit, quel était le problème ? Il y avait assez de gens à tuer pour me permettre de survivre un bon moment. Cinq milliards sur la surface du globe, et ils se reproduisaient plus rapidement que je ne pourrais les manger.

Le livre du venin

Au début des années quatre-vingt-dix, alors que je n'étais encore qu'un étudiant sans grande connaissance de l'irlandais, et avec encore moins de moyens financiers, j'ai publié une annonce dans *Anois*, un magazine hebdomadaire de l'époque, en demandant aux lecteurs d'aider un pauvre étudiant en difficulté vivant sur un autre continent de m'envoyer leurs livres en vieil irlandais. La gentillesse et la générosité des Gaels n'a pas fait mentir leur réputation, et j'ai reçu une grande quantité de livres, envoyés par le lectorat du magazine, et cela a été sans aucun doute d'une grande aide dans mon apprentissage de l'irlandais. J'ai reçu *An Giorria san Aer* de Ger Ó Cíobháin, une autobiographie de la Gaeltacht, le genre de livre qui se lit confortablement emmitouflé dans une bonne couverture au coin du feu, tout comme *Rotha Mór an tSaoil* de Micí Mac Gabhann, la plus excitante et la plus riche en rebondissements des anciennes autobiographies jamais issues des Gaeltachts, et *Dialann Deoraí* de Dónall Mac

Amhlaigh, une longue chronique des migrations dans les années cinquante. Bien que tout cela se soit passé il y a longtemps, et que de l'eau ait coulé sous les ponts depuis, je pense que ces premières lectures ont profondément marqué mon irlandais, et ce n'est pas une mauvaise chose du tout.

Par ailleurs, un autre ouvrage, assez extraordinaire d'après ce que j'ai compris, m'est parvenu, et je n'en ai parlé à aucun gaélophone jusqu'à maintenant. On peut affirmer que c'est le seul livre qui pourrait changer le destin de l'humanité toute entière.

J'ai reçu ce livre par la poste, comme tous ceux qui m'avaient été donnés. Le nom de l'expéditeur ne figurait nulle part sur l'enveloppe, et elle ne contenait pas de lettre non plus —il n'y avait rien d'autre à l'intérieur que le livre lui-même. C'était un livre à la couverture noire, qui ne comportait pas de dessin ou d'illustration, uniquement le titre, dans une police en caractères gras et dorés :

AN CHUITILÍOCHT.

Eh bien, il devait s'agir d'une publication relativement récente. Le titre aurait très probablement été écrit **An Cuictilíoeact** sur une édition plus ancienne. Mais qu'est-ce que c'était, la *Cuitilíocht* ? J'avais entendu parler de la *Fiannaíocht* et de la *Rúraíocht*—les noms gaéliques du cycle Fenian et du cycle d'Ulster, respectivement—et même de la *Artúraíocht*, le cycle Arthurien, mais la *Cuitilíocht* m'était totalement inconnue. Mes recherches dans le Ó Donnaill et le Dineen, deux des principaux

Le livre du venin

dictionnaires de la langue irlandaise, restèrent sans résultats—*Cuitlíocht* n'était mentionné dans aucun des deux, et je n'y trouvais pas le moindre mot ou la moindre racine qui s'en rapprochait.

J'ai commencé à lire le livre, m'attendant à des histoires de héros téméraires dans la veine des veilles histoires gaéliques. Je fus cependant surpris de constater que la *Cuitlíocht* était en fait une sorte de recueil de connaissances occultes. Voici quelques exemples du genre de choses que j'ai trouvées dans ce livre :

> CUITILIÚ est l'ainé des Grands Anciens, et même s'il est mort, ce n'est pas d'une mort permanente qui l'empêcherait de se lever à nouveau, et Il reviendra lorsque les antiques étoiles seront à la bonne place…

> Etudiez la surface de l'eau, Lecteur, et ne croyez pas que l'humanité puisse avoir connaissance des êtres et des monstres qui vivent en dessous, dans ce monde humide et froid. En vérité, depuis l'aube des temps sur la surface de la terre, des tribus ont lutté pour survivre, là, en bas, des tribus dont seuls les plus vieux des pécheurs ont vaguement entendu parler, en des termes dont ils ne se souviennent pas bien, et c'est bien mieux ainsi pour la paix de leur âme…

> Quand on entre dans l'une de ces cités, on voit les maisons les plus éloignées tout près de soi, et on reconnait à peine les maisons les plus proches,

aussi petites qu'elles puissent vous sembler, et quand on tend la main, on pense être à l'intérieur alors qu'on est à l'extérieur, et la lumière elle-même se plie et se tord…

Cette *Cuitilíocht* ne ressemblait vraiment en rien aux autres mythes irlandais ! Et pour dire la vérité, je n'ai quasiment jamais été aussi effrayé qu'à la lecture de ces histoires. À cette époque, je vivais dans un appartement exigu du quartier des étudiants, et il y avait, juste devant, un arbre dont les branches crissaient contre ma fenêtre lorsqu'il arrivait au vent de se lever. Depuis la lecture de ces histoires, cet arbre m'était devenu inquiétant. Lorsque je levais les yeux de mes livres, je sursautais, car j'avais l'impression fugace qu'un monstre me guettait, là, dehors. J'avais également l'impression que le jour renonçait à sa lumière avant qu'il soit l'heure, et j'allumais la lampe au-dessus de mon lit pour pouvoir lire. Quand la lumière de la lampe frappait les pages de l'ouvrage, celles-ci scintillaient ou brillaient étrangement, comme si le papier buvait l'énergie lumineuse, la retenant une seconde avant de la laisser ressortir. Quelle matière avait-on utilisé pour faire les pages de ce livre ? Ce n'était pas du papier ordinaire, en tout cas.

Même mon professeur de russe m'avait dit que j'étais pâle comme la mort, inquiète de la possibilité d'une leucémie, ou d'une poussée de fièvre jaune. Je lui expliquais que j'étais simplement tenaillé par certaines découvertes faites dans des ouvrages irlandais. Elle me rétorqua qu'elle m'avait déjà dit bien des fois que je perdais mon temps et mon énergie à essayer d'apprendre cette langue, et que je ferais mieux de retourner aux histoires de Soljenitsyne sur les camps de travail de Staline, puisque je ne les trouvais sûrement pas aussi effrayants que ce livre irlandais. Elle était très méprisante.

Mais elle avait raison. Après tout, puisque j'apprenais l'allemand et le russe, je lisais tous les livres traitant des horreurs commises par les deux grands régimes totalitaires, le Communisme et le Nazisme, qui me passaient entre les mains. On pourrait croire que ni ce monde, ni l'autre monde, n'était encore en mesure de me faire peur, du moins pas sous la forme d'un livre. Malgré tout, il y avait une sorte de magie—ou de nécromancie peut-être—dans la *Cuitilíocht* que je n'arrivais pas à me sortir de la tête.

Je cachais le livre dans un endroit où je ne risquais pas de le trouver par hasard, et fis de mon mieux pour oublier *Cuitiliú* et la *Cuitilíocht*. Il me fut malgré tout impossible de bannir totalement le livre de mes pensées.

Un jour, comme cela m'arrivait souvent, j'étais profondément absorbé par mes réflexions, et ne prêtais pas la moindre attention à ce qui se passait autour de moi, ce qui n'est bien entendu pas très intelligent aux heures de pointe. Je faillis être percuté par une voiture, mais, par une chance incroyable, un policier qui était là m'agrippa au dernier moment. Il m'écarta de la trajectoire de la voiture avant que je prenne conscience de ce qui se passait.

C'était un homme entre deux âges, portant une grosse barbe. Il me sermonna sur l'importance de faire attention à la circulation—je devrais regarder avant de traverser, et, au fait, il faut traverser sur les passages piétons, ou bien au feu de signalisation. À quoi je pouvais bien penser de si captivant au lieu de m'inquiéter d'éviter les voitures ?

« Un livre » répondis-je. « Un livre qui m'a été envoyé d'Irlande. Le nom de l'auteur ne figure pas dessus, mais il est rempli d'étranges histoires d'horreur. »

Vous pourriez penser qu'un policier qui adore la lecture, ça n'existe pas, et vous vous tromperiez. L'attitude de l'homme, lorsque je lui parlais du livre, changea instantanément.

« Un livre d'histoires d'horreur anonyme, vous dites ? D'Irlande ? »

« C'est exact » dis-je, « j'apprends l'irlandais, vous voyez, la langue qui était pratiquée en Irlande avant que l'anglais prenne le dessus. Des Irlandais m'ont envoyé leurs vieux livres pour m'aider dans mon apprentissage. Même si ceux dont c'est la langue maternelle sont en petite minorité de nos jours, on le parle encore partout sur cette île, y compris dans le nord ». On me demandait souvent ce que c'était que cette langue irlandaise, et, donc, je déroulais mon explication bien rodée de manière quasi-automatique.

Le policier devint encore plus curieux quand il eut appris que le livre était en irlandais. « Je suis moi-même collectionneur de livres, c'est mon passe-temps, et les histoires d'horreur, c'est mon genre préféré : Poe, Dunsany, Bram Stoker, ce genre de choses. Je ne parle pas un traître mot d'irlandais, mais j'ai entendu dire que certaines anciennes œuvres littéraires irlandaises étaient intéressantes. Je m'appelle Sergei Susi, au fait » dit-il, me proposant une poignée de main.

Je me présentais, très heureux que ce policier se montre aussi amical. « Je m'appelle Panu Höglund » dis-je.

« Eh bien, si ça ne vous dérange pas, j'aimerais bien jeter un œil à votre livre. Vous connaissez le Café Littéraire ? On pourrait en parler une fois que j'aurai fini mon service. »

Ce café était l'un de mes vieux points de chute, et je n'hésitais pas une seconde à accepter ce rendez-vous. Nous décidâmes de nous y rencontrer le lendemain après-midi.

Le livre dans mon sac, j'attendis le policier une demi-heure. Je pris une tasse de café et une sorte de biscuit, et m'installais pour lire le journal du jour, avant que Sergei ne finisse par arriver. Il me dit bonjour, et nous commençâmes à discuter.

Sergei Susi n'était pas son vrai nom, mais je compris que c'était par ce nom que la plupart de ses amis le connaissaient. C'est sous ce pseudonyme qu'il avait en effet publié ses écrits dans le magazine littéraire. Il n'aimait pas trop son nom de baptême, car c'était l'un des noms finlandais les plus communs, qu'on oublie aussi vite qu'on l'a entendu. Sergei Susi, par contre, ça, c'était un nom qui vous reste dans la tête !

« Tu dis qu'il y a le nom 'Cuitiliú' dans ce livre. »

« Oui. C'est un nom qui n'a, autant que je sache, aucune relation avec la mythologie irlandaise. Il y a Bricriu—une espèce de trouble-fête qui ressemble au Loki scandinave, si je ne me trompe pas—mais aucun recueil d'histoire et de folklore ni les éditions habituelles traitant de la mythologie ne mentionnent Cuitiliú. Tu sais ce que ça veut dire, ou à quoi ça se rapporte, 'Cuitiliú' ? »

« Eh ben » dit Sergei, « je crois que c'est une déformation de 'Cthulhu'. »

« *Cthulhu* ? C'est quoi ça ? »

« La première fois que j'ai entendu parler de Cthulhu, je me suis dit que c'était des inventions d'une équipe d'écrivains d'horreur américains. La première personne à mentionner Cthulhu, c'était Lovecraft. Howard Phillips Lovecraft… »

« C'était son vrai nom ? » demandais-je. « On dirait un nom de sex-shop. »

Le policier se mit à rire. « C'est son vrai nom, autant que je sache. C'était un solitaire aux idées et aux habitudes traditionalistes, et ses seuls compagnons étaient les vieux livres de la bibliothèque familiale. Il en est même arrivé à écrire en utilisant l'anglais du dix-huitième siècle, car, pour lui, la langue devait être pratiquée de cette façon. »

« Eh ben, on dirait que c'était un bibliophile exceptionnel. »

« C'est évident. Cependant, il se trouve qu'il faisait souvent référence au 'mythe de Cthulhu' quand il parlait de ses écrits, et les jeunes écrivains que son travail intéressait faisaient à leur tour référence aux mêmes choses. Au début, quand j'ai lu les livres de Lovecraft, j'ai pensé que ce mythe n'était qu'une de ses inventions. Mais ensuite, j'ai rencontré Joose-Alfred Kivelä, et, depuis, j'ai une perspective complètement différente. »

Le livre du venin

« Joose-Alfred Kivelä ? Attends une minute... n'est-ce pas le professeur de philosophie de l'Université d'Helsinki qui s'est penché sur les problèmes ontologiques ? »

« Lui-même. Il n'est pas qu'un philosophe ontologique, il est aussi le plus grand spécialiste finlandais du mythe de Cthulhu. »

« Et il pense que ce mythe est plus qu'une simple histoire inventée par Lovecraft ? »

« Exactement. Il a fait des recherches sur le folklore de sa région, et a trouvé beaucoup de choses qui ne pouvaient s'expliquer que par l'intermédiaire des histoires de Cthulhu. C'est la première personne à m'avoir poussé à lire un livre qui en parlait. Tu vois, Lovecraft fait plein de références à des vieux livres et des manuscrits qui parlent de Cthulhu, et la grande question, de nos jours, c'est de savoir si ces livres ont vraiment existé, ou bien s'ils ne sont que des accessoires utilisés par l'écrivain pour son histoire. »

« As-tu trouvé une copie de ces livres ? »

« Ben, j'ai une copie de ça » dit Sergei. Il me tendit une photocopie, un page grise qui comprenait ces mots :

"Eine kurze und konzise Abhandlung von verbotenen, untersagten, fernländischen, überseeischen, merkwürdigen, ausserirdischen, ausserweltlichen, erschrecklichen, unmenschlichen, todgeweihten, todbringenden, unterirdischen, unterseeischen, ungeheuren, weltenzerstörenden, ewigzerstörerischen, ewigkeitsüberdauernden, geheimgehaltenen, geheimzuhaltenden, verheimlichten, verborgenen—" (et plein d'autres adjectifs en allemand) "—und gar *unaussprechlichen Kulten*".

C'était le titre du livre, titre très copieux s'il en est. Pour être honnête, j'ai standardisé mon allemand pour que ça soit plus simple pour ceux qui parlent l'allemand moderne —l'original comportant « Culten » au lieu de « Kulten », et « erschrecklichen » était orthographié « erschröcklichen ». Le titre était imprimé en pyramide, les deux derniers mots formant la base.

« Et bien » dis-je, « c'est le genre de titre qu'on pourrait voir sur un livre allemand de la période baroque. »

« C'est vrai » admit Sergei. « C'est un homme du nom de Friedrich Wilhelm Von Juntz qui l'a mis sur papier, mais il a sûrement rencontré son Créateur avant que la première édition imprimée soit achevée, en 1839 à Dusseldorf. Joose-Alfred fait des recherches sur l'auteur, et il en est arrivé à la conclusion que Juntz s'était en fait contenté de reprendre des textes allemands bien plus anciens. Joose-Alfred pensait même que la langue avait l'air bien plus archaïque que celle qu'on trouve habituellement dans un livre du dix-neuvième siècle. Et toi, tu parles bien allemand ? »

J'ai senti un petit sourire se former sur mes lèvres quand il me posait la question : « les études allemandes, c'est ma matière principale, et pour dire la vérité, je parlais déjà couramment l'allemand avant d'arriver à l'université. »

« Excellent ! » s'exclama-t-il. « Tu devrais essayer de discuter avec Joose-Alfred, tu es exactement celui qu'il cherche. Il va passer un de ces jours, et si tu veux bien, je vais vous présenter. Mais pour l'instant, regardons ton bouquin. Tu l'as amené, n'est-ce pas ? »

« Bien sûr » répondis-je. Je plongeais ma main droite dans mon sac et saisis le livre. Je lui tendis, et il me le prit avidement des mains, exactement comme un homme dont les livres sont la seule passion le ferait.

Une fois le livre en main, il eut l'air étonné. Il tremblait en feuilletant l'ouvrage, s'arrêtant ici et là. Quand il a fini par prendre la parole, son visage était aussi blanc qu'un cadavre reposant dans une tombe glacée :

« Tu m'as dit que c'était un livre en irlandais, qui venait d'Irlande. »

« C'est vrai » répondis-je. « C'est le livre dont je t'ai parlé. Il n'y aucune chance de se tromper, c'est un livre très particulier, et je l'ai entreposé dans un endroit précis jusqu'à aujourd'hui. »

« Eh bien » dis Sergei après un long silence, « si c'est de l'irlandais, je ne savais pas que c'était une langue si proche du finnois. » Il ouvrit le livre et me montra les pages. Au début, je pensais que c'était de l'irlandais, mais la langue changeait très progressivement, et à la fin, c'était du finnois. La taille des lettres et la police de caractères ne changeait pas, mais une langue avait remplacé l'autre.

Pour la version irlandaise, le texte suivait les règles modernes, et il n'y avait rien qui laissait transparaître le dialecte de l'auteur. En fait, lorsque j'avais lu la première partie du livre, j'avais été surpris de l'absence totale de tout dialecte —même pas le genre d'anglicisme qu'on pouvait trouver dans les travaux

33

des auteurs dont l'irlandais n'était pas la langue maternelle. Bien sûr, la langue était riche, pleine de tournures de phrases issues de la langue des vieux raconteurs irlandais, mais pour la plupart, on pouvait penser que c'était un robot, ou un ordinateur qui avait écrit ce livre, et non un être humain.

Et c'est comme cela que se présentait également la partie finnoise. L'auteur avait prêté une attention particulière aux dernières recommandations du Centre de la Langue finnoise. Le livre était rédigé de sorte que les mots qui y figuraient ne vous accordent aucune pitié. C'était l'amère vérité, pouvait-on se dire, et il n'y avait aucun bouclier pour s'en protéger.

Alors que j'examinais les pages que Sergei m'avait mises sous les yeux, nous entendîmes la voix d'un homme parlant finnois avec un léger accent étranger :

« Oh, où avez-vous trouvé un livre dans ma langue ? »

Je quittais le livre des yeux et vis un grand noir, se tenant majestueusement près de moi. C'était de toute évidence lui qui avait parlé. Je cherchais mes mots pendant quelques secondes, et je lui répondis :

« Désolé, monsieur, je pense que vous faites erreur. Ce livre est en finnois. »

L'homme regarda le livre à nouveau, et son visage prit une expression déçue. « Vous avez raison » dit-il, « c'est en finnois. Pendant un instant, j'ai cru que c'était de l'amharique. »

« Vous êtes donc éthiopien ? » demanda Sergei.

« Oui, c'est exact, je suis éthiopien » dit l'homme d'une voix profonde dans laquelle on pouvait percevoir une certaine fierté de sa race. « Je vis ici

depuis cinq ans, maintenant. » Il haussa les épaules.
« Ce n'est pas important, mais j'aurais juré que c'était
de l'amharique. Nous avons notre propre alphabet,
vous savez, et j'étais certain de l'avoir reconnu. » Il nous
salua, et partit.

« Irlandais, finnois, amharique » dis-je. « Chacun
voit ce livre dans la langue dans laquelle il veut le
voir. »

« Je croyais que c'était du finnois » dit Sergei, « et
c'était du finnois. Cet homme a vu des caractères
amhariques au premier abord, puis a changé d'avis
quand on lui a dit que ce n'était pas le cas. »

« Il m'a été envoyé par la poste » remarquais-je, « et,
puisque je m'attendais à un livre en irlandais, j'ai
pensé que c'était de l'irlandais. »

Sergei pris conscience de l'étrange matériau dans
lequel les pages avaient été fabriquées.

« Ce n'est pas du papier normal », dit-il. À la lumière
du miracle dont nous venions d'être témoins, le livre
qui changeait de langue selon la personne qui le lisait,
j'éclatais de rire en entendant ce que Sergei avait dit.
Peut-être étais-je tellement nerveux que j'en deve-
nais hystérique. Mais j'arrivais à me ressaisir, et je pris
calmement la parole :

« Non, ce n'en est pas, clairement. C'est comme si
ce matériau absorbait l'énergie de la lumière, puis la
relâchait l'instant d'après. Il y a peut-être une
explication scientifique. »

Explication scientifique, mon cul ! J'essayais
simplement d'apaiser mon esprit. Si on pouvait voir
les différentes versions en fonction de l'angle de la
lumière, les experts en optique pourraient peut-être

expliquer le phénomène. Des couches de très fin matériau pressées ensemble, par exemple, chacune imprimée dans une langue différente, peut-être. Mais bon, chaque personne voyait le livre écrit dans la langue dans laquelle ils s'attendaient à le voir, ou dans la langue qu'ils savaient lire.

Autre chose, il y avait comme une sorte de limite à ce phénomène, puisqu'il m'était impossible de voir le livre en irlandais, désormais. Tout était écrit en finnois, et uniquement cette langue, point final. Le livre m'était donc inutile en tant qu'outil d'apprentissage de l'irlandais, et quand Sergei me demanda de le lui prêter, j'acceptais de bonne grâce. Pour être honnête, on pourrait dire que j'étais dégouté du livre, puisqu'il avait changé de langue, mais que l'irrésistible convoitise de Sergei n'en était qu'accentuée. Ou peut-être le livre préférait-il Sergei ?

« Fais ce que tu veux avec » lui dis-je, « il semble qu'il n'y ait plus d'irlandais dedans. » Sergei avait visiblement très envie de ce livre, et, lorsqu'il comprit que j'acceptais de lui céder, il me remercia du fond du cœur avec grande insistance.

Plus tard, j'ai étudié avec acharnement les livres irlandais qui me restaient après le don du mystérieux ouvrage. Ma passion de l'époque étant, comme elles le sont toujours, les langues étrangères, j'oubliais ce livre très rapidement. Un jour, pourtant, je reçus une lettre de Sergei, qui ne rappelait en rien le caractère calme et posé de l'homme que j'avais connu :

Le livre du venin

Cher Panu,

Joose-Alfred est venu me rendre visite pour lire le livre et en discuter. Il dit que c'est le LIVRE DU VENIN, *un livre imprimé pour la première fois dans la Cité Sans Nom, dans un pays qui a disparu longtemps avant l'avènement de la race humaine. Des livres existent, comme le* NECRONOMICON *ou l'*UNAUSSPRECHLICHEN KULTEN, *qui décrivent les mystères des dieux et des êtres qui existaient avant l'homme, mais ils ne sont cependant que des versions mal retravaillées de ce Livre-là. Ce que nous avons entre les mains est l'édition originale, le* LIVRE DU VENIN, *celui sur lesquels tous les autres sont basés, et maintenant, Joose-Alfred et moi-même espérons faire sortir le venin du livre en nous mettant au travail pour en révéler les mystères. . .*

Il continuait comme ça page après page, mais quelque part, malgré tout l'enthousiasme qu'avait pu éprouver Sergei en écrivant cette lettre, toutes ses inepties m'ennuyaient. Pour être honnête, tout ce que j'avais retiré de cette histoire abracadabrante était qu'il s'agissait d'une fausse piste, et que rien de bon ne sortirait de ses efforts. À ce ressenti se mêlait le sentiment instinctif que Sergei était en route vers son propre destin, et que je ne pourrais rien faire pour l'arrêter. La lecture de sa lettre avait provoqué chez moi une réaction que je ne m'expliquais pas, mais qui me paraissait cependant fort légitime.

Quelques temps plus tard—deux semaines, peut-être—deux policiers se présentèrent chez moi pour me questionner. Sergei et son ami Joose-Alfred Kivelä semblaient avoir disparu. Ils s'étaient évanouis sans laisser de trace, et, comme Sergei était l'un de leurs collègues, les policiers étaient très inquiets. Ils me traitèrent de prime abord comme un suspect, mais je me montrais très arrangeant, et ils adoptèrent une attitude plus amicale. Je leur racontais tout ce que je savais, et ils prirent des notes.

Si je leur avais parlé du livre qui change de langue, ils ne m'auraient évidemment pas cru. Ma version des événements parlait donc d'un livre qui était écrit en finnois dès le début, un vieux livre auquel Sergei accordait beaucoup d'importance. Les policiers étaient au courant de la passion de leur ami pour les vieux livres, et ils ne me questionnèrent donc pas beaucoup sur le sujet. Je leur donnais la lettre que Sergei m'avait envoyée, et ils s'en allèrent. Ils n'ont, depuis, plus jamais remis les pieds chez moi.

Sergei et Joose-Alfred étaient très connus parmi les amoureux de livres et les amateurs de science-fiction du pays, et leur incompréhensible disparition a donné lieu à toutes sortes de rumeurs et d'histoires. Par chance, personne n'a jamais fait le lien entre moi et cette affaire. Sergei connaissait tout le monde, à Turku : les policiers et les criminels, les étudiants et les professeurs. Personne, à part moi et la police, ne savait qui lui avait donné ce livre. Pour dire la vérité, beaucoup de gens trouvaient sa mort assez romantique, le genre de mort dont devrait mourir un amoureux des livres, si c'était en effet un livre qui l'avait conduit à sa perte.

En ce qui concerne le *Livre du venin*, il a disparu avec les deux hommes, et on n'en a plus jamais entendu parler après ces étranges incidents.

Le Ver de Minuit à Ikaalinen

Une nouvelle dans le style de Lovecraft par
S. Albert Kivinen

À H. P. Lovecraft *ad maiorem Cthulhus gloriam*

> Oh Rose, tu es souffrante !
> Le ver invisible
> Qui plane la nuit
> Dans les hurlements de la tempête
>
> A trouvé ta couche
> De jouissance empourprée
> Et son sombre amour secret
> Anéantit ta vie.
>
> —William Blake

Chapitre I

L'horreur de Ruutinkari

Cette mystérieuse explosion sur l'île de Ruutin-kari, à Ikaalinen, remonte à plus de vingt ans, maintenant, et il est temps de révéler ma version des faits. Je comprendrais parfaitement que mon histoire vous laisse incrédule. Il m'arrive moi-même de douter. Mais d'un autre côté, mon ami récemment décédé, H. Herbert Bladh, Professeur Adjoint de Cryptochronologie à l'Université Åbo Akademi, a été personnellement impliqué dans cette histoire et, malgré ses nombreuses excentricités, il était l'une des personnes les plus sages que j'aie jamais rencontrées. Plus tard, j'ai discuté avec lui de ce qui s'était passé, mais contrairement à ce que vous pourriez croire, je ne lui parlais pas souvent de ces événements. J'aurais préféré les oublier. Si les théories de mon ami ne contenaient ne serait-ce qu'une infime part de vérité, alors le monde serait épié par bien des horreurs indicibles...

Comme peuvent encore l'avoir en mémoire certains lecteurs, l'explosion de février 1965 sur l'île de Ruutinkari a donné naissance à de folles rumeurs. Quelques articles de journaux mentionnaient même l'hypothèse de tests souterrains d'armes nucléaires sur le territoire finlandais, ce qui constituait une violation du traité de paix de Paris. On raconte que,

Le Ver de Minuit à Ikaalinen

même si je n'en ai aucune preuve, le président aurait envoyé des courriers indignés à certains journalistes, qui ont ensuite abandonné toute spéculation sur le sujet.

J'ai vécu quelques années dans la ville marchande de Ikaalinen, à la fin des années cinquante, et j'ai fini par bien connaitre la région. À cette époque, c'était un endroit rêvé pour les estivants—et elle l'est toujours. Située sur un promontoire, à l'écart des autres agglomérations, la ville marchande est délimitée sur trois côtés par le lac Kyrösjärvi. On peut y accéder par la terre en passant par *Kyrkonkylä*, le « village de la vieille église », situé juste en dehors de la ville, et par *Pitäjä*, la « paroisse », une riche région rurale située du côté opposé au lac. En été Ikaalinen était réellement idyllique. Les habitants déclaraient avec fierté qu'« Ikaalinen est la plus vieille, la plus petite, et la plus belle des villes marchandes de Finlande ». La plupart des constructions, de vieilles maisons de bois de plain-pied, étaient toutes dotées d'un jardin. Il ne fallait pas chercher bien loin pour trouver des idées de promenades. Les berges du lac, en grande partie, étaient restées sauvages, les résidences secondaires n'étant pas encore un phénomène répandu. Après un court trajet en barque, on pouvait débarquer à Kaaresniemi ou Punhuntlahti, ou bien, si on cherchait une plus belle vue et un peu d'aventure, on pouvait planter sa tente sur l'une des nombreuses îles du lac.

Il n'y avait qu'une seule île entre toutes sur laquelle les habitants évitaient d'aller : Ruutinkari. Située à quelques kilomètres de la ville marchande, elle avait, d'après l'histoire de la région, été nommée ainsi

41

d'après le nom du sergent-major (et futur lieutenant) J. J. Roth (1772–1839), originaire d'Ikaalinen, et décoré lors de la Guerre de Finlande. Ruutinkari, en soi, n'était qu'un caillou chapeauté des ruines d'une maison en bois. De temps en temps, j'émettais l'idée d'y aller à la rame, mais cette idée était toujours accueillie par un silence gêné. Certains amis disaient que nous pourrions être attaqués par des mouettes en pleine nidification. D'autres murmuraient, non sans une certaine honte, des histoires de serpents qui auraient été trouvés sur l'île. Mais quelle que soit l'excuse, la discussion était toujours rapidement détournée vers d'autres sujets.

Evidemment, la peur qui entourait Ruutinkari avait attisé ma curiosité. J'ai enquêté auprès des habitants sur l'histoire de la maison en ruines. Quelqu'un avait-il vécu à cet endroit ? J'ai fini par obtenir une réponse de la part d'un vieil homme : « c'était ce maître fou, le vieux Rolfwén » dit-il, avant de changer de sujet avec hâte. Une visite chez le vicaire m'a permis d'obtenir plus d'informations : Maître des Arts, Göran Fredrik Rolkwén, né en 1870, mort en 1926, marié en 1894 à Anna Elizabeth Grönberg, née en 1874. A déménagé à Helsinki en 1897, divorcé en 1902.

Qu'avait bien pu faire ce « maître fou, le vieux Rolfwén » pour rendre tabou jusqu'à son propre nom ? J'ai déduit de certaines suggestions qu'il avait fini sa vie dans un asile d'aliénés (Hatanpää, dans la ville de Tampere, pour être précis). Les maladies mentales étaient à l'époque une chose qu'on craignait et dont on ne parlait pas, mais cela n'était en rien un début d'explication valable. Même si les problèmes

mentaux de sa propre famille est une chose qu'on gardait pour soi, et qu'on parlait encore moins de ses propres problèmes, on pouvait parler de ceux des membres des autres familles sans aucune contrainte. Pourquoi faisait-on une exception pour Rolfwén ? De plus, il n'avait aucune famille à Ikaalinen.

Petit à petit, le sentiment qu'une chose mystérieuse et sinistre était tapi sous la surface calme et idyllique d'Ikaalinen se nicha en moi. Parfois, lorsque j'étais assis dans la grande pièce froide d'une de ces maisons en bois très décorées, je frissonnais alors que d'étranges pensées rampaient dans mon cerveau : *personne n'entendrait rien si…* si quoi ? La vie à Ikaalinen était paisible et un peu monotone, et les scandales qui s'y produisaient prenaient donc des proportions cosmiques. Bien sûr, il est vrai qu'ici, comme c'est le cas ailleurs, on cache les tragédies familiales derrière une apparence respectable. Mais là, il y avait quelque chose d'autre, une sorte de secret terrifiant et horrible dont les gens avaient tellement peur qu'ils refusaient eux-mêmes d'admettre son existence. Les nuits d'automne se firent plus sombres, et Ruutinkari et sa maison en ruine n'en devenaient que plus inquiétants. Si un vent du nord soufflait, les parents faisaient rentrer leurs enfants en toute hâte, en disant « c'est un vent de ver ». Personne n'osait m'expliquer ce qu'un « vent de ver » était. Croyaient-ils que le vent pourrait contenir des vers, ou leurs œufs ? Et pourquoi cette expression était-elle utilisée pour un vent du nord, et pas un vent d'est ? Il existe en effet une pittoresque route sur la crête à l'est de la ville marchande, qu'on appelle Matomäki (la colline des vers). Pourquoi le vent de ver ne soufflait-il pas depuis Matomäki ? Une fois, un vieil homme a commencé à répondre à ma question : « avant le vieux Rolfwén, il venait bien de Matomäki », mais il s'est rapidement tût. Une pâleur cadavérique s'est propagée sur les visages des femmes présentes, et l'une d'entre elles a soudainement commencé à raconter d'une voix forte son voyage à Tampere la semaine précédente, en insistant avec une précision inutile sur le moindre détail, même si, d'après ce que j'avais compris, elle avait déjà raconté cette histoire aux personnes rassemblées devant elle. Une autre fois, un pécheur m'a dit à brûle-pourpoint « moi aussi, j'ai mis un os de chèvre dans mes filets, et bon dieu, il y a bien du poisson… » mais, lui aussi, a cessé soudainement de parler. Est-ce que les os de chèvre sont utilisés comme porte-bonheur par les pécheurs ? Y avait-il une sorte de magie qu'on ne communiquait pas aux gens de l'extérieur ? Quoi qu'il en soit, personne n'a voulu me le dire.

Il y a longtemps, à la fin des années cinquante, je me suis rendu à pied jusqu'au cap de Kiviniemi avec une paire de jumelles. J'étais assez proche de Ruutinkari, et j'ai profité de cette opportunité pour observer ce caillou inquiétant, et la construction abandonnée qui était dessus. La maison était vraiment délabrée : le toit s'était partiellement effondré, la porte tenait là, grande ouverte, et toutes les fenêtres étaient cassées. Une bonne tempête d'automne, et ce taudis finirait de s'effondrer. Un groupe de mouettes planaient dans la brise qui soufflait autour de l'île, et je pris conscience d'un fait curieux : *aucune mouette n'y atterrissait, aucune n'en décollait, et pas une seule d'entre elles ne volait au-dessus de l'île.* On aurait pu croire que l'endroit était parfait pour leur nidification, mais qu'une sorte de clôture électrique invisible les en empêchait. Etant parfaitement conscient que Ruutinkari était un sujet de conversation interdit à Ikaalinen, je gardais cette observation pour moi.

Chapitre II

L'énigme des poèmes populaires

L e mystérieux maître Rolfwén était devenu pour moi une agaçante énigme. Quels étaient donc les secrets sans lumière qui lui étaient attribués et dont l'ombre assombrissait la pourtant charmante ville marchande ? Je profitais de mon temps libre pour essayer du mieux que je pouvais pour en savoir plus, mais je ne trouvais aucune information dans les documents que je dénichais. D'après le registre de l'université impériale Alexander, Rolfwén s'est inscrit en 1887, et a obtenu en 1892 une licence en lettres. Son choix de spécialisations était plutôt étrange : il avait choisi, comme matières principales, la chimie, et la littérature orientale. Il a rejoint la Nation de la Finlande de l'Ouest, mais ne s'est pas beaucoup impliqué dans ses activités. Après son divorce, son ex-femme s'est remariée avec un homme d'affaires parlant le suédois, et est morte à la fin des années quarante, ne survivant à son mari que de quelques années. Ils eurent des enfants, dont deux étaient encore vivants, mais ne connaissaient rien du premier mari de leur mère. Ils furent même surpris d'apprendre que leur mère avait déjà été mariée. Je n'ai pas obtenu grand chose de la famille de Rolfwén. Quelques cousins éloignés vivaient toujours, mais n'ont eux non plus pas été en mesure de m'éclairer sur le sujet. La réponse la plus informative me vint d'une octogénaire : « *Ja, farbror Göran, han var en mycket egendomligt karl !* » (Oui, Oncle Göran, c'était un type très bizarre !)

L'été de 1960 fut le dernier que je passais à Ikaalinen. Une opération de recyclage de papier était menée, et je rassemblais donc une pile de journaux. Je fixais la pile de journaux dans le conteneur d'un regard empreint d'une légère tristesse. On avait amené de vieux livres qui, à mon avis, méritaient d'être conservés, et je récupérais un livre d'heures, imprimé à la fin du dix-neuvième siècle. Ce n'était en aucun cas un trésor pour bibliophiles, mais il méritait tout de même un autre destin. De retour chez moi, j'examinais le livre plus attentivement. À l'intérieur était pliée une feuille de papier, jaunie par le temps et imprimée des deux côtés. Cela avait l'air d'être une vieille affichette. D'un côté se trouvait un morceau d'un poème décrivant les façons dont la Finlande avait bénéficié des « actions de la société économique, pendant le règne du roi Gustaf ». Ceci donnait une indication quant à la date de publication : la Société Économique de Finlande a été fondée à l'époque de Gustaf IV Adolf en 1797, ce qui voulait dire que le poème devait avoir été écrit quelques années plus tard, vers 1800. Le poème qui était de l'autre côté confirmait cette hypothèse : il raillait l'époque obscurantiste du Duc Karl et son « Grand Vizir » Reuterholm. Puisque le gouvernement transitoire avait pris fin en 1796, il était pratiquement sur que les poèmes se moquant du Grand Vizir déchu avaient été écrits dans les années qui ont suivi. La dernière partie du poème faisait allusion au fait que le talent et l'érudition de Reuterholm n'étaient rien comparés à l'art véritable que maîtrise un prophète. Puis, je reçus un choc, comme si j'avais été mordu par un serpent : *on y mentionnait LE VENT DE VER.*

Dans son intégralité, le poème disait ceci :

> *Reuterholmi, Ruotsin herra,*
> *mitä tiiät, mies mokoma,*
> *panet pöyät pomppimahan,*
> *houkuttelet henkiäsi*
> *Kaarle-herttuan kerralla.*
> *Pöyät pomppii, henget hourii,*
> *vaan et löyä viisautta,*
> *pnakotaitoja tavoita.*
> *Saatkos Kutkan kalan suusta,*
> *Satakuuan maan sisästä?*
> *Etpäs manaa matotuulta,*
> *kivirinkejä rakenna.*
> *Lapsen tieto, naisen muisti,*
> *ei oo NECRO nyrkeissäsi,*
> *Apu allasi hajoa.*

Le Ver de Minuit à Ikaalinen

(Reuterholm, seigneur de Suède,
tu ne sais rien, pauvre homme :
tu fais rebondir la table,
persuades ton esprit
avec le duc Karl à tes côtés.
Les tables rebondissent, les esprits geignent,
mais la sagesse tu ne trouveras pas,
et n'atteindras jamais les *Pnako*-pouvoirs.
Obtiens-tu la démangeaison de la bouche
    d'un poisson,
Satakuua de dessous la terre,
Aucun vent de ver n'invoqueras-tu,
ni ne construiras des cercles de pierre.
Sagesse d'enfant, mémoire de femme
aucun NECRO à ta portée,
L'aide s'effrite sous tes pieds.)

Je fixais du regard la fin du poème, mais je comprenais
pas plus pour autant. Qu'étaient ces « Pnako-
pouvoirs » dont l'absence chez Reuterholm était sujet
de moquerie ? Que représentait la « démangeaison
(*kutka*) dans la bouche d'un poisson » ? Est-ce que
« Satakuua » était une erreur d'impression ? Cela
aurait-il dû être Sata*kunta*, une région de la Finlande
de l'ouest ? Construire des « cercles de pierres »
faisait, semble-t-il, se lever le « vent de ver », mais
qu'était ce « NECRO » qui était hors de « portée » de
Reuterholm ? Etait-ce en rapport avec les sombres
arcanes de la *nécromancie* ? L'auteur essayait-il
d'exprimer une chose qui, dans une terminologie plus
moderne, pourrait être « tu n'arriveras pas à contrôler

49

les sombres arcanes de la nécromancie » ? Le dernier vers était le plus énigmatique : pourquoi le succès nécessitait-il que l'aide s'effrite sous nos pieds ?

Les interrogations submergeaient mon esprit ; aucune de mes réponses n'avait de sens. Je passais presque toute cette nuit d'été à errer dans les rues d'Ikaalinen. Je passais devant l'école préparatoire pour aller vers la laverie, et je m'arrêtais pour observer les mystérieuses Matomäki qui se dressaient à quelques kilomètres, d'où le vent de ver avait soufflé avant l'époque de Rolfwén. Quels secrets étaient cachés sur ces crêtes ? En émanait-il une sombre menace ? Les arbres poussant au sommet de la crête formaient des motifs rappelant des lézards préhistoriques… Préoccupé par ces intenses pensées, je tournais à droite et marchais le long du terrain de sport vers les vieux bains, et de là jusqu'à Rantopää, d'où je pus à nouveau contempler la lugubre énigme : Ruutinkari, et sa maison en ruines. Göran Rolfwén a-t-il tenté d'acquérir des « pnako-pouvoirs », quoi que cela puisse être ? La brume se levait sur le lac, et sur Ruutinkari, elle semblait se condenser en formes fantomatiques. Et j'aurais juré que *quelque chose se déplaçait sur l'île…* Je forçais mon esprit à s'extraire de cet état de rêve éveillé. Il fallait que je garde la tête froide, sinon, qui sait ce que je me mettrais à voir.

Je fis un large détour le long d'une vieille route nommée, d'une manière quelque peu macabre, « L'allée du Diable », et retournais à la ville marchande en passant par la rue de Rahkola. Etais-je en train de devenir paranoïaque, ou les rideaux des maisons s'écartaient-ils au fur et à mesure de mon avancée, révélant des yeux inquisiteurs et froids qui suivaient chacun de mes mouvements ? *Bientôt, ils en auront après moi…* Foutaises, qui en aurait bientôt après moi ? Bien sûr, les commères gardaient un œil sur les passants à travers les rideaux, mais elles étaient toutes endormies à cette heure. Cependant, avoir une vie si monotone ne ferait-il pas naître d'ardents désirs étranges et des visions oniriques ? Ou peut-être faisais-je l'expérience du déclenchement de quelque chose d'inconnu et de terrifiant ? Il devait être trois heures et demie quand je suis arrivé chez moi, la tête pleines de pensées désagréables qui entretenaient mon inquiétude.

J'ai passé les dix jours suivants à Helsinki pour, tenter d'y dénicher des informations sur l'affichette, mais aucune autre copie ne semblait avoir survécu. On m'a indiqué à la bibliothèque de l'université que, d'après la qualité du papier et la technique d'impression utilisée, il s'agissait effectivement d'un document imprimé vers 1800. On évoquait, parmi les bibliographies, un ordre de confiscation et de destruction d'une affichette intitulée *La joyeuse chanson du Roi Gustav*, qui avait été émis en 1801 par le chapitre de la cathédrale de Turku, pour cause de mention d'« abominations païennes ». L'auteur était inconnu. Je me suis brièvement rendu à Turku, mais rien de ce que j'ai trouvé dans les archives du chapitre ne m'a aidé à faire la lumière sur ce sujet.

J'ai cependant, découvert une chose très intéressante dans les archives du folklore local. Il n'y avait aucune trace du poème non plus, mais, pour passer le temps, je me suis intéressé aux ouvrages traitant du folklore

Le Ver de Minuit à Ikaalinen

d'Ikaalinen. Ni le « vent de ver », ni la « démangeaison dans la bouche d'un poisson » n'étaient mentionnés. Puis, enfin, alors que l'heure de fermeture s'approchait, l'archiviste m'apporta un classeur non répertorié, comportant sur l'étiquette *Ikaalinen, Loimaa etc. 1885-1892*. Il me restait encore une demie-heure, assez de temps pour parcourir ces documents, même si je ne m'attendais pas à y trouver quoi que ce soit. Soudain, au milieu du classeur, elle est apparue : une feuille jaunie comportant des informations rassemblées par G.F. Rolfwén, en l'an 1887. La source de ces informations était mentionnée comme *kopperskan Eva Mattsdotter i Ikalis, Ridiala by, 80 år. Hört från sin mormor i barndomen*. (Eva Mattsdotter, Guérisseuse à Ikaalinen, village de Riitiala, 80 ans. Recueillie par sa grand-mère étant enfant). Rolfwén avait couché par écrit quelques vieux sorts, dont j'en connaissais déjà certains. Pourtant, je ne pus empêcher mes mains de trembler à la découverte de deux sorts bien précis :

Pour avoir la chance du pécheur.

Une omoplate, ou juste un morceau, d'un bouc, de préférence un bouc blanc, est attachée à un filet lors de la première nouvelle lune qui suit le début de la fonte des neiges, en récitant trois fois :

> *Ies kuollut, äes kuollut,*
> *Aasa tuhti mullin mallin.*
> *Kutunluu ve'essä nukkuu,*
> *Satakuua maan sisässä.*

53

(Morts sous le joug, morts tourmentés
Lourd *Aasa* en morceaux
Os de chèvre [*kutunluu*] dans l'eau dort
Satakuua sous la terre.)

Il était là, ce « *SATAKUUA sous la terre* » !
L'autre était un sort de protection contre la gale, les brûlures et les feux :

Hus pois Kutka kalan suuhun,
liekki syttyvä salassa.
Mene poies Härjän päähän,
nimettömän kokon kanssa
siellä viettänet elosi.

(Pars, démangeaison [*kutka*] dans la bouche
    du poisson
Une flamme brûlera en secret
Pars, pour la tête du Taureau
avec un aigle sans nom
pour y vivre le reste de tes jours.)

Une sorte de rite complexe était associé à ce sort, mais Eva la guérisseuse ne s'en souvenait qu'en partie. Les ingrédients étaient une tête de brochet séchée, un bardeau en feu et les cornes d'un taureau, mais quelque soit la magie qui était pratiquée, sa teneur restait un mystère, même pour sa grand-mère. Cependant, ici, enfin, se trouvait la preuve irréfutable qu'Ikaalinen renfermait un folklore qui restait inconnu, dont Rolfwén avait connaissance.

Le Ver de Minuit à Ikaalinen

Plus tard, j'ai fait part de mes découvertes lors d'un séminaire de licenciés en folkloristique, ce qui a provoqué un débat académique houleux. Toutes mes interprétations furent mises en pièces, et, avec le recul, je dois admettre que ces critiques étaient totalement justifiées. Les autres interprétations n'étaient cependant pas plus convaincantes, la seule piste intéressante—et comme je m'en suis rendu compte plus tard, correcte—est venue d'un participant ayant étudié le folklore de la population allemande de Transylvanie. Il cita cette litanie incompréhensible :

Astaroth, Sadok, Joch so tot,
Zathucker kommt, wenn die Kristalle rot

(Astaroth, Sadok, Joug si mort
Zathucker vient, quand le Crystal [est] rouge)

Comme il l'indiqua, le « joug mort » du troisième sort se trouvait également ici. *Aasa tuhti* pouvait être *Astaroth*. Et il était parfaitement possible que *Sadok* soit devenu *Satakuua*. Mais qu'est ce que tout cela voulait bien dire ? Qu'est-ce qui se cachait derrière ces noms ? Le séminaire prit fin dans l'hilarité générale lorsque le professeur laissa échapper : « L'aigle sans nom doit être, alors, Dracula. »

En 1964, j'écrivis un court essai faisant part du résultat de mes recherches, qui fut publié dans *Bibliophilos*, en laissant de côté mes spéculations délirantes. Mes investigations furent, grâce à cette publication, orientées dans la bonne direction, mais

55

juste avant cela, j'appris une nouvelle qui me choqua profondément. De toute évidence, un terrible secret était enfoui à Ruutinkari.

Chapitre III

L'histoire du vieux garde de l'armée rouge

À l'automne 1964, je fis la rencontre d'un vieil ouvrier à la gare ferroviaire de Tampere. Je l'appellerais N, sa famille proche étant encore en vie. Nous avions échangé quelques mots sur Ikaalinen quand il me demanda d'une voix quelque peu hésitante : « J'ai entendu dire que le maître avait posé des questions à propos de ce vieux Rolfwén. Je pourrais vous dire une chose. Ma femme dit toujours que je devrais en parler à quelqu'un qui me comprendrait. Quelles choses horribles… Mais ça va prendre un peu de temps. Est-ce que le maître est occupé ? »

Le train devait partir dans un quart d'heure, mais je n'avais rien d'urgent à faire, alors je décidais de prendre un des trains suivants. N ne voulait pas discuter dans la gare, dans laquelle, dit-il, il y avait trop de monde. J'acceptais sa proposition de prendre un tram jusqu'à Pispala, d'où nous nous sommes rendus à pied jusqu'aux berges du lac Pyhäjärvi, puis en sommes repartis. N semblait nerveux, regardant souvent par-dessus son épaule pour s'assurer qu'aucun indiscret ne nous suivait.

Il me dit qu'en 1918, il avait rejoint l'armée rouge, comme beaucoup des membres de sa famille. Il avait 17 ans. Une nuit, on lui ordonna d'aller inspecter la maison de maître Rolfwén à Ruutinkari. Par cela, j'appris que la maison de Rolfwén avait été construite quelques années avant la première guerre mondiale. À cette époque, Rolfwén avait déjà la réputation de vivre reclus, de ne pas se mélanger aux autres, mais même en sachant cela, on se demandait pourquoi il avait choisi Ruutinkari. Le transport des matières premières pour construire à cet endroit avait déjà coûté beaucoup d'argent. Pendant les travaux de fortification de la Première Guerre Mondiale, on se moquait de ce fait en disant : « D'abord, le vieux Rolfwén a construit sa maison à Ruutinkari, et maintenant, l'empereur fait pareil. »

La patrouille arriva à la nuit tombée, et Rolfwén les reçut avec une courtoisie feinte (« Bienvenue en mon humble demeure » dit-il). À ma question sur l'intérieur de cette maison des horreurs, N répondit qu'elle était très modestement aménagée. Il n'y avait que deux chambres dans lesquelles il y avait très peu de meubles, mais les murs arboraient d'étranges inscriptions. « Des étoiles avec beaucoup de pointes et des choses de ce genre » pour citer N. Dans un coin, une pierre noire et polie était posée sur une petite table, pierre qui *s'est mise à briller en rouge* pendant leur conversation.

Je fus surpris par ces mots, me souvenant des vers de ce poème transylvanien : « *Zathucker kommt, wenn die Kristalle rot* ».

Mais N continua son récit : les gardes de l'armée rouge fouillèrent rapidement la maison et n'y trouvèrent ni armes ni réserve de provisions. Le chef de la patrouille demanda si la pierre n'était pas, peut être, un émetteur radio utilisé pour rester en contact avec les Blancs. (« Personne ne connaissait ces gadgets à cette époque, et d'étranges histoires circulaient à leur propos » m'expliqua N). Rolfwén répondit que cet instrument servait à mesurer les radiations terrestres, mais que sa construction n'était pas achevée. Elle le serait dans deux semaines, dit-il, et il le donnerait à la Commission du Peuple pour les recherches de minerai.

Les autres gardes se rendirent vite compte qu'il n'y avait rien de spécial à la cave : quelques pommes de terre, des légumes, et des salaisons de poissons, mais pas dans des quantités qui permettraient d'appeler cela un entrepôt illégal de provisions.

« Et bien, où sont les armes ? » a aboyé le chef du groupe d'un air déçu.

« Vous ne devriez pas vouer autant d'importance aux armes. J'ai une chose bien plus excitante à vous montrer : mon arme secrète, LE VER DE MINUIT ! »

À cet instant, Rolfwén a levé la tête et s'est mis à hurler des choses incompréhensibles. « Ce n'était pas une langue humaine. On aurait dit le coassement des grenouilles et le croassement des corbeaux » dit N.

Les hurlements de Rolfwén s'étaient à peine tus qu'une structure faite de planches sur le mur à l'opposé de la cave vola en éclats, et un monstre, dont le simple souvenir donnait des frissons à N, s'en échappa. J'appris par sa description saccadée que le monstre ressemblait à un mille-pattes de trois mètres de long, avec les pinces d'une écrevisse et quelque chose s'approchant d'une tête humaine déformée. (« Ça ne pouvait être un animal réel. J'ai cherché dans *La faune du monde entier* bien des fois, et dans tous les livres sur les animaux de la bibliothèque principale d'Ikaalinen, mais je n'ai trouvé mention d'une telle bête dans aucun d'entre eux »).

N a été tellement effrayé par l'aspect du montre qu'il s'est enfui en hurlant. On raconte qu'on l'a retrouvé au petit matin dans l'allée de Mäntiikuja, délirant de façon incohérente. On a dû l'enfermer dans un hôpital psychiatrique pendant deux semaines. (« Etre chez les fous à ce moment- là, c'était une bonne chose. Les gardes blancs sont venus à Ikaalinen et ils m'auraient massacré aussi, j'en suis certain . »)

N n'a jamais revu ses camarades. Il était convaincu qu'ils avaient succombé au monstre. On n'a jamais mené d'enquête précise sur ces événements, étant déjà fort occupés par les conséquences de la guerre civile. Il était communément admis que les camarades de N étaient partis pour Tampere et qu'il y avaient péri lorsque la ville fut prise. Mais une ombre noire était tombée sur Rolfwén. On l'avait considéré jusqu'à présent comme un excentrique, mais désormais, les habitants de la région le craignaient. C'est comme s'ils savaient qu'il se drapait dans les secrets les plus obscurs, même s'ils n'en avaient aucune idée de la teneur de ces secrets.

« Il a gardé la bête pendant quelques années, » continua N, « parce que pendant l'abattage d'au-

tomne, ils avaient l'habitude de porter une quantité affreuse d'animaux abattus à Ruutinkari : des porcs, des moutons, parfois même des carcasses de vaches toutes entières. Tout le monde se demandait ce qu'il en faisait, parce que l'homme était épais comme un squelette et ne recevait jamais de visiteurs. Un jour, quelqu'un lui a demandé ce qu'il faisait de toute cette viande, et le vieux Rolfwén a répondu qu'il s'en servait pour appâter les écrevisses. Appâter les écrevisses, n'importe quoi ! Personne n'a jamais eu besoin d'autant d'appât pour les écrevisses, et le vieux Rolfwén n'en attrapait pas très souvent de toute façon. Il nourrissait le monstre. J'en suis sûr. »

À un certain moment au cours du début des années vingt, peut-être même en 1920, Rolfwén s'est apparemment lassé du monstre. Dans tous ses états, il a ramé jusqu'à la ville marchande pour y commander des briques et du ciment, et a demandé qu'ils lui soient livrés immédiatement, quelqu'en soit le prix. Personne n'a su ce qu'il comptait faire de ces matériaux, mais N pensait qu'il avait muré l'arrière de la cave. Peu de temps après, Rolfwén a loué une petite maison à Rantopää et y a transporté toutes ses possessions. Son esprit semblait être sur le point de s'effondrer, il n'était plus que l'épave d'un homme au teint cendreux qui parlait tout seul sans prêter aucune attention à ce qui l'entourait. (« Réfléchissez à ça : une fois, à la porte de la ville marchande, il a rencontré la femme du pasteur et Sparfwén, le conseiller militaire, mais il ne les a même pas remarqués—il a continué à marmonner tout seul »). Il parlait suédois, et on ne comprenant pas grand-chose de ce qu'il disait, mais le docteur Eränen, qui avait écouté l'un de ses monologues, affirmait qu'il y était question d'un *cylindre sans nom* et du *plateau de Leng*, et de *celui que les sceaux pourraient briser*. Le docteur Eränen, qui était également correspondant pour un journal local, en a tiré l'inspiration pour écrire une paire d'articles sur les effets néfastes de la superstition.

Rolfwén n'a pas passé beaucoup de temps dans sa nouvelle maison. Il perdit totalement la raison au printemps suivant et a dû être emmené à Hatanpää, où il est mort quelques années après. « Il appelait Satakuua et Kutunluu—l'os d'une chèvre—quand ils l'ont emmené. »

J'espérais que la sinistre histoire de Rolfwén fut enfin terminée, mais je découvris qu'il y avait bien d'autres choses encore. Il y avait des serpents, à Ruutinkari, et les gens évitaient de s'y rendre pour cette raison. À la fin des années vingt, deux jeunes d'une autre ville décidèrent de se rendre sur l'île, en dépit de tous les avertissements. L'un d'entre eux est rentré en vie, tremblant de tous ses membres, le teint d'une pâleur mortelle. Le corps de son ami reposait au fond de la barque, boursouflé et noirci. Le survivant expliqua que, alors qu'ils s'approchaient de l'île, il s'était senti de plus en plus mal à l'aise, et avait fini par ressentir une réelle menace. Son camarade avait lui aussi l'air anxieux, mais aucun des deux ne voulait avouer sa couardise. Ils avaient à peine touché terre quand, comme par magie, un serpent noir d'un mètre cinquante de long était apparu et avait mordu l'un des deux jeunes hommes. Ils se sont précipités jusqu'au bateau et on commencé à ramer, mais la mort avait

Le Ver de Minuit à Ikaalinen

frappé la victime de morsure en quelques minutes. Le docteur était ébahi par ces faits : les morsures de vipères ne sont pas à ce point dangereuses pour un adulte. La mort semblait avoir été causée par un serpent tropical venimeux, mais comment pouvait-il survivre dans un climat comme celui de la Finlande ? Et la suite de l'histoire était encore plus étrange : le corps a été envoyé au laboratoire de Tampere pour analyses, mais en chemin, toutes les boursouflures ont disparu. On a trouvé aucune trace de venin, ni de morsure. On a établi une crise cardiaque provoquée par un choc soudain comme cause du décès.

On ne sait pas si quelqu'un s'est rendu à Ruutinkari depuis cet incident. Dans les années trente, un groupe de garçons aventureux ont été jusqu'à planifier de s'y rendre, mais, comme l'a admis l'un d'entre eux, ils ont perdu courage. Alors qu'ils étaient à quelques mètres des rives, ils furent si effrayés qu'ils décidèrent d'un commun accord de faire demi-tour.

Je pensais que, maintenant, les horreurs étaient enfin terminées, mais N continua son histoire. Il y a deux ans, au cours de l'été, une horrible noyade accidentelle est survenue sur le lac Kyrösjärvi : un bateau à moteur s'était retourné et une famille de trois personnes—père, mère et leur fille de huit ans— avaient perdu la vie. Les corps n'ont jamais été retrouvés. On a beaucoup spéculé sur cet accident : le temps était calme, personne n'avait bu d'alcool, il n'y avait pas eu de choc ou d'accident, et tous les membres de la famille savaient nager. N fit remarquer en plus que le chien de chasse de la famille était également sur le bateau. Les humains peuvent se noyer, mais on peut s'attendre à ce que le chien nage jusqu'à la rive. Et pourtant, aucune trace de l'animal n'a été retrouvée. Une nuit d'automne, une vache disparut du pré sur une île voisine, et le reste du troupeau était redevenu totalement sauvage. Et les filets des pêcheurs étaient souvent déchirés, ces derniers temps...

« Dites ce que vous voulez, mais je pense que c'est la bête du vieux Rolfwén, le Ver de Minuit, comme il l'appelait, qui est de nouveau en liberté et qui fait un carnage à Kyrösjärvi. *Qu'est ce qu'on peut y faire ?* »

Un sentiment d'appréhension m'avait assailli à l'écoute de l'histoire de N. Pour autant que je sache, c'était une personne saine d'esprit et digne de confiance, qui maîtrisait ses émotions, mais son inquiétude grandissait au fur et à mesure qu'il me racontait cette histoire, et semblait le rendre presque fou. Il parlait d'une voix saccadée, tremblante, presque larmoyante, et sa dernière question avait été un cri d'angoisse. Qu'est ce qu'on peut y faire ? Quel genre de bête pouvait survivre quarante ans emmurée dans une cave ?

Je promis à N que j'allais m'intéresser à la question et que je l'informerai dès que j'aurai trouvé ce qu'il fallait faire.

J'ai mal dormi la nuit suivante, mon sommeil était peuplé de cauchemars de plus en plus perturbants : de gargantuesques mille-pattes noirs me poursuivaient sur le lac Pirulankuja. Je fuyais vers la maison la plus proche, mais le sol s'effondrait sous mes pieds et je tombais dans une cave où grouillaient de grotesques créatures de toute forme. Certaines ressemblaient aux démons des histoires populaires, d'autres à des mille-pattes, tandis que d'autre—les plus effrayantes d'entre elles—avaient une forme que seul un artiste psychédélique pourrait décrire. Une musique cacophonique retentissait dans le fond, interrompue de temps en temps lorsque ceux qui étaient présents scandaient : *Iä ! Iä ! Tsathoggua !* Des profondeurs de la cave s'approchait quelque chose de noir et d'horrible… Je fus tiré de mon sommeil par le son de mon propre hurlement et, après m'être rendormi, je rêvais que j'étais à bord un vaisseau spatial vert qui était en fait *le cylindre sans nom*. Il fonçait à toute allure vers le plateau de Leng…

Quand, encore tremblant, je me rappelais de mes rêves dans la matinée… une pensée me vint : *Tsathoggua—c'était Zathucker et Satakuua !* Oui, mais qui était Tsathoggua ? La seule chose qui me vint à l'esprit était la nation du Chad et les montagnes Ahaggar du Sahara…

Toute la matinée durant, j'examinais sous tous les angles les solutions possibles au problème de l'abomination de la petite île rocheuse de Ruutinkari. Si jamais j'allais en parler aux autorités, on se moquerait de moi. Le courrier du matin apporta une solution inattendue à mon casse-tête. Je reçus une lettre de compliments concernant mon « fascinant article » dans *Bibliophilos*. Cette lettre se terminait sur une demande de prise de contact avec son expéditeur, qui était en possession d'éléments supplémentaires importants. Cette personne était H. Herbert Bladh, *docent i kryptokronologi, Åbo Akademi* (un numéro de téléphone et une adresse étaient indiquées).

Chapitre IV

Le spécialiste des secrets stygiens

Au cours d'une discussion, un ami qui habite Turku m'avait parlé d'une adaptation du dicton finlandais à propos de Platon par les gens de cette ville : « On ignore ce que Bladh ignore ». H. Herbert Bladh était un gentilhomme à l'érudition aussi légendaire que son côté énigmatique. Ses conférences portaient sur un large éventail de sujets en marge des sciences orthodoxes, et si quelqu'un pouvait m'orienter dans la bonne direction, c'était bien Bladh. Je lui téléphonais immédiatement, et je pus lui parler. Il avait l'air très excité et m'implora de venir le voir immédiatement. Quand j'ai commencé à lui dire ce que je savais de Rolfwén, il prit un air très grave et me demanda de garder ce sujet pour plus tard. « Il ne faudrait pas choquer les indiscrets », dit-il dans un petit rire.

Nous sommes arrivés au port de Turku par un train direct, et avons pris un taxi depuis la gare. La résidence du professeur Bladh était adjointe à un bâtiment, dont le rez-de-chaussée était occupé par le département de Cryologie de l'université Åbo Akademi. Au premier étage se trouvait l'une des bibliothèques privées les plus vastes du pays. Le peu d'espace qui n'était pas occupé par des livres se voyait partagé par Bladh et ses trois chats : Scua, le poivre et sel, Feodora, le multicolore, et l'élégant demi persan Miranda. Le gentilhomme lui-même était une personne petite, corpulente et joviale, confortablement vêtue d'un peignoir de soie verte (« dans le style Oblomov », comme il me l'indiqua).

Après m'avoir accueilli avec un verre de porto, mon hôte entra directement dans le vif du sujet. Il avait empilé sur la table de la littérature en rapport avec le sujet : d'imposants in-folios très documentés, des livres de poche américains, et des photocopies de manuscrits comportant des dessins étranges se disputaient l'espace libre. Mon hôte parla longuement—il fit pour ainsi dire une conférence d'une heure et demie, que j'écoutais avec grand intêret.

J'appris ainsi l'existence d'un ensemble de traditions qu'on appelle « Le mythe de Cthulhu ».

« Cthulhu, ou Cutulu, ça vous rappelle quelque chose ? »

« *Kutunluu !* » m'exclamais-je spontanément.

« Précisément. Vous avez ici un exemple d'étymologie populaire ; on retranscrit les noms étrangers selon sa propre langue. Quand le sens originel du mot tombe dans l'oubli, le mot utilisé est compris dans son sens littéral, sens autour duquel se construit un système de croyances. »

Cela m'a rappelé la façon dont Rolfwén avait appelé Kutunluu et Satakuua quand il avait été emmené à l'hôpital psychiatrique. *Il était adepte de cette tradition…*

Mais Bladh continua sa conférence. On pouvait relever des allusions au mythe de Cthulhu dans certains travaux difficiles à localiser, mais d'autres textes en comportaient des traces, qu'on pouvait dénicher en interprétant certains mots de façon correcte. L'américain Howard Phillips Lovecraft (1890–1937) s'est servi de ce mythe, et cette thématique est encore exploitée par ses disciples à ce jour. La familiarité de Lovecraft avec ce sujet était étrange, car une grande partie des travaux en rapport avec ce mythe lui était très certainement inconnue. Il le considérait au départ comme un pur produit de fiction, avec lequel on pouvait prendre toutes les libertés, mais certains signes montrent que, plus tard, il prit ces choses bien plus au sérieux. Et il était mort assez jeune…

L'exposé de Bladh regorgeait de noms barbares. Il faisait le portrait des Grands Anciens, dont faisait partie Cthulhu. Il décrivit, à grand renfort de gestes évocateurs, R'lyeh, la cité maudite sous la mer, et ses « angles impossibles », comme le disait Lovecraft. Il peignait l'image de Cthulhu, le Seigneur des Horreurs, qui allait un jour se réveiller et s'élever depuis R'lyeh ; Azathoth le simple d'esprit aveugle, qui était « chaos, blaphème, et folie au centre de la création » ; le repoussant Nyarlathotep, sans visage, qui hurle la nuit pendant la tempête, Hastur (« Celui dont le nom ne doit pas être prononcé », *Magnum Innominandum*, comme on l'appelait dans les manuscrits latins), banni dans la nébuleuse d'Hyades. Il décrivit les serviteurs des Grands Anciens, les mythiques Voorms, Dholes, Shoggoths et le peuple Tcho-Tcho ; il me parla de volumes immondes et oubliés, comme *Les Sorts des Dholes* et *Le Livre d'Eibon* ; il m'expliqua les rites souterrains, et me raconta les hommes ayant invoqué des pouvoirs interdits.

Le Ver de Minuit à Ikaalinen

Il racontait ces horreurs avec tant de conviction que je les ai presque vécues moi-même ; les tentacules du grand Cthulhu frôlaient mes chevilles ; les chauve-souris géantes d'Hastur se ruaient à travers l'espace ; j'entendis les hurlements des oiseaux écailleux de Shantak et le coassement de Ceux Des Profondeurs, à la tête de grenouille, je vis des sphères lumineuses glisser vers le sol et répandre une substance noire et visqueuse en s'y brisant...

« Ces sphères lumineuses ont rapport avec un Grand Ancien bien précis : Yog-Sothoth... »

« Yog-Sothoth—*Joch-so-tot !* » m'exclamais-je.

« Exact. C'est une étymologie populaire allemande, qui devient *ies kuollut* lors de la traduction en finnois. *Aasai tuhti* et Astaroth sont en fait, bien évidemment, Azathoth, il est 'en perpétuelles contorsions, le chaos nucléaire' le chaos et la folie étant, dit-on, sa façon d'être. Pour continuer la liste, il y a Tsathoggua, le Grand Ancien sans forme, tapi dans les profondeurs maritimes... »

« Tsathoggua ! » hurlais-je, me levant si brutalement que Miranda, qui s'était blottie près de moi, s'enfuit en un trottinement indigné.

« Oui, Tsathoggua, ou en latin, Sadogua, Sadok, Zathucker, Satakuua... »

D'une voix tremblante, je racontais à Bladh mes rêves de la nuit passée, et il m'écouta avec intérêt, hochant la tête. « Votre cauchemar était assez juste : d'après les histoires, Tsathoggua vit dans les profondeurs. Je crois que cette affaire est en rapport avec le culte de Tsathoggua. Les servants de Tsathoggua étaient appelés les dholes, et surnommés les *Vers de Minuit.* »

« Dieux du ciel, il y en a un en liberté au lac Kyrös-järvi », criais-je. Et, serrant la manche de son peignoir, je l'inondais de paroles, lui transmettant tout ce que je savais sur Rolfwén, son cristal noir et le Ver de Minuit qui était revenu semer la destruction. « Par Dieu, que devons-nous faire ? » finis-je par demander.

Bladh m'avait écouté avec attention, le teint blême. « Il ne fait aucun doute qu'un dhole sévit à Ikaalinen. Nous devons échafauder un plan, en prenant de grandes précautions. Jamais je n'aurais pensé me retrouver un jour face à face avec un dhole. » La détresse avait quitté le visage de Bladh, et avait laissé place à l'expression d'un botaniste enchanté par la découverte d'une nouvelle espèce. Il me proposa de boire un thé en tentant de rassembler les pièces du puzzle, avant de décider de ce que nous allions faire. Malgré mon impatience, j'acceptais. Les problèmes théoriques ne m'intéressaient pas beaucoup.

Bladh continua son exposé, mais fut moins prolixe qu'auparavant. Il m'apprit que *Kutka kalan suussa*— « La démangeaison dans la bouche du poisson »— était apparamment une référence à *Cthugha*, un démon de feu habitant dans l'étoile Fomalhaut, dans la constellation du poisson austral. *Fomalhaut* voulait dire, en arabe, « Bouche du poisson ». L'aigle sans nom était très clairement Asthur, dont la demeure se trouvait dans l'amas stellaire de *Hyades*, dans la constellation du Taureau. « Pnako-pouvoirs » était une référence à un livre mentionné dans le mythe, les *Manuscrits Pnakotiques*, et les vers débordants de dédain envers Reuterholm, « *Ei oo* NECRO *nyrkeissäsi, Apu allasi hajoa* », faisaient vraisemblablement référence à un autre ouvrage interdit, le *Necronomicon*, et à son auteur présumé, l'arabe Abdul Alhazred. Puis, enfin, il en vint à une question plus pratique : « le vent de ver » n'avait rien à voir avec le vent. *Tuuli* (vent) n'était qu'une simple distortion du mot *Dhole*.

« Dans ces quelques poèmes populaires, incompréhensibles à première vue, il y a l'intégralité des acteurs du mythe de Cthulhu » m'expliqua Bladh d'un air satisfait en se frottant les mains. Il me montra la liste qu'il avait compilée :

MYTHE DE CTHULHU	FINNOIS	ALLEMANDE
Tsathoggua ou Sadogua	*Satakuua*	Zathucker, Sadok
Cthulhu	*Kutunluu* (os de chèvre)	—
Azathoth	*Aasa tuhti* (lourd *Aasa*)	Astaroth
Yog-Sothoth	*Ies kuollut* (mort joug)	Joch-so-tot
Hastur	*Nimetön kokko* (aigle sans nom)	—
Hyades	*Härän pää* (tête du taureau)	—
Cthugha	*Kutka* (démangeaison)	—
Fomalhaut	*Kalan suu* (buche d'un poisson)	—
Manuscrits pnakotiques	*Pnakotaidot* (Pnako-pouvoirs)	—
Necronomicon	NECRO	—
Abdul Alhazred	*Apu alla hajoaa* (l'appui s'effrite sous tes pieds)	—
Dhole	*Matotuuli* (vent de ver)	—

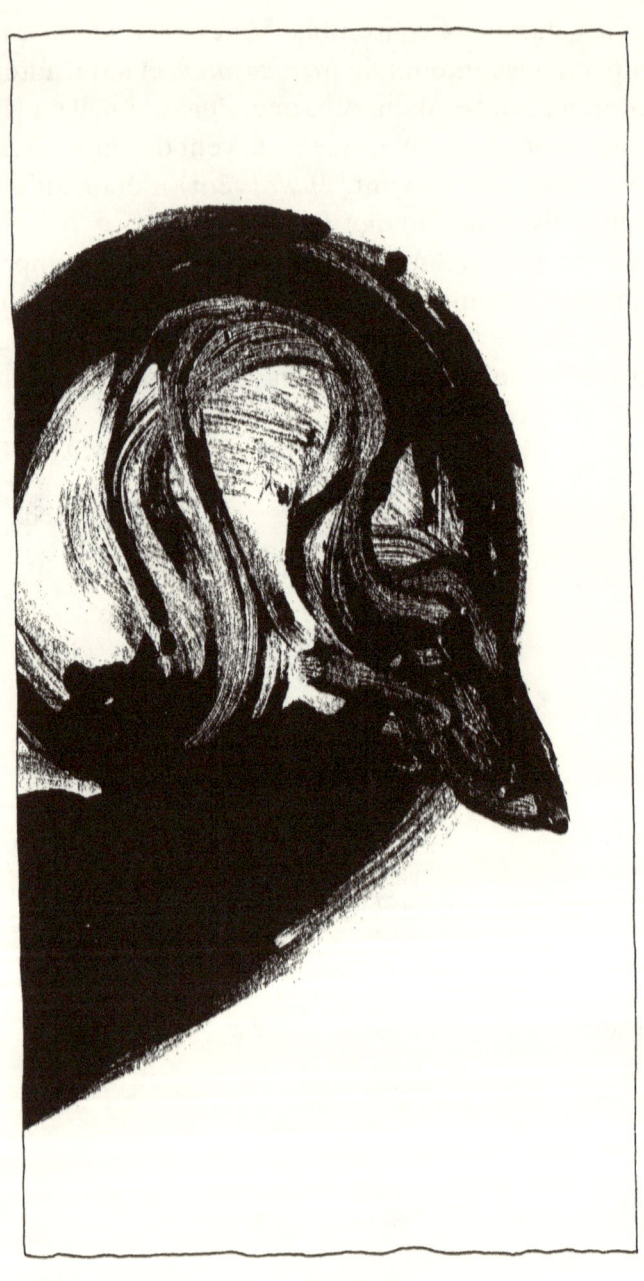

Le Ver de Minuit à Ikaalinen

Je fus forcé d'admettre que la solution qu'apportait Bladh à l'énigme que représentaient les poèmes que j'avais dénichés était élégante. Effectivement, « on ignore ce que Bladh ignore. »

Puis, nous avons commencé à considérer les aspects pratiques du problème. Bladh me demanda de lui raconter à nouveau mon histoire, et m'interrompait de questions très précises. Je n'arrivais pas à saisir le rapport entre certaines de ses questions et notre affaire. Il n'arrêtait pas d'aller chercher des livres sur les étagères, de les consulter, et de marmonner « hm, hm ». Il prit douze pages de notes. Quand il s'arrêta d'écrire, il était presque deux heures du matin. « Je vais devoir envoyer un télégramme à Cambridge et à Göttingen demain pour obtenir plus d'informations— et, bien sûr, me rendre à Ikaalinen pour rencontrer N—mais je commence déjà à y voir plus clair. »

« Que sont ces 'dholes' ? Comment une telle créature peut-elle survivre quarante ans emmurée dans une cave ? »

« Eh bien, comment dire ? Ces animaux ne sont pas le fruit de notre évolution. Leur réelle demeure est, comme l'a autrefois dit Lovecraft, 'entre les dimensions'. Pour présenter les choses autrement, elles viennent d'un endroit situé en dehors des trois dimensions de notre univers. Les rituels d'invocation décrits dans ces vieux livres parlant de sorcellerie, que nous considérons avec mépris comme pure superstition, cachent pourtant une certaine vérité. Ils décrivent—souvent de manière naïve et trompeuse— des actions qui facilitent l'arrivée des dholes. L'idée derrière l'encens et les sacrifices sanglants est que, au début, les dholes se nourrissent de substances liquides et gazeuses pour se construire eux-mêmes leur propre corps. Avec le temps, ils revêtent une forme plus corporelle et exigent une quantité toujours plus importante de nourriture. Sans elle, ils s'étiolent, mais ils sont cependant incroyablement résistants. Le corps d'un dhole peut être détruit par le feu ou avec des produits chimiques, mais je ne sais pas s'il meurt ou s'il retourne à son habitat originel. La tradition, en particulier le fait qu'on les 'renvoie en enfer', veut qu'on préfère la deuxième hypothèse. Il se trouve que je possède un classique dans ce domaine, dont la possession serait la fierté de n'importe quelle bibliothèque universitaire—*Mother of God !* »

« Qu'est-ce qu'il y a ? »

« Quel idiot je fais. J'aurais dû m'en rendre compte tout de suite, dès que j'ai entendu parler de Göran Rolfwén… Un instant, je vous prie. »

Bladh saisit un petit livre d'environ 200 pages sur la table, et me le montra avec une certaine fierté. C'était *Die Dohlen-Hexerey* (La Sorcellerie des Dholes), imprimé à Francfort en 1675.

« La *Sorcellerie des Dholes* n'est pas, en fin de compte, un ouvrage fictif. Mais, jetez un œil au nom de son ancien propriétaire. »

Sur la couverture du livre, quelqu'un avait écrit :

G. R.
1891

G. R.—Göran Rolfwén. Avait-il lu ce livre au cours de ses nuits solitaires dans la maudite maison de

Le Ver de Minuit à Ikaalinen

Ruutinkari ? Etait-ce là qu'il s'était embarqué dans sa funeste quête, et avait invoqué les résidents d'autres mondes ? Ou y était-il déjà parvenu, et ne souhaitait-il simplement que vivre avec son répugnant compagnon sans être dérangé ? *Avant l'époque du vieux Rolfwén soufflait déjà le vent de ver depuis Matomäki.*

Je demandais son avis à Bladh. Il admit que Matomäki était peut être un lieu de culte très ancien, voire même préhistorique, où les dholes avaient pu être invoqués. Peut-être Rolfwén a-t-il trouvé son propre dhole à cet endroit.

Bladh me montra dans le livre le croquis maladroit d'un Ver de Minuit. Il correspondait en tous points à la description de N : un mille-pattes avec des pinces d'écrevisse ou de scorpion, et une tête vaguement humanoïde. Sur l'image, le dhole se repaissait des entrailles d'un humain qu'il venait d'attraper. On pouvait déduire, d'après la taille de l'humain, que le dhole faisait au moins dix mètres de long.

Un souvenir me vint soudainement à l'esprit, et je demandais si les serpents de la falaise de Ruutinkari pouvaient être aussi des dholes.

« Non, *my friend*, c'est une toute autre affaire. Il est intéressant de noter que Rolfwén était également adepte d'une autre tradition interdite. Un instant, je vous prie—je possède également des livres traitant de ce sujet. »

Bladh prit quelques livres de plus de son inépuisable bibliothèque et les posa sur la table. « Celui-ci est peut-être le plus intéressant » dit-il en me présentant un petit livre d'une cinquantaine de pages.

Le titre, en latin, pourrait-être approximativement traduit comme *Conseil de Tryphon Keloppos Hendeka-grammatos sur la Canalisation de la Puissance des Etoiles dans les Talismans, traduit et commenté par Clement Wardwell, Amsterdam 1685.*

Bladh expliqua que Tryphon Kelippos Hendeka-grammatos était un moine byzantin du quatorzième siècle. On pouvait comprendre par son nom qu'il appartenait à l'ordre de l'hendécagramme noir, l'étoile à onze branches, originaire de l'Alexandrie hellénique.

Il ouvrit le livre au hasard, et se mit à lire :

Car ceci est un savoir qui doit être gardé des serviteurs de Ftegel-Nets, le serpent à deux têtes (et s'ils en prennent connaissance, que TRYPHON *les frappe de sa colère) : quand votre progéniture aura passé onze fois onze jours dans le ventre, quand le Soleil et Mars seront dans le premier décan du sagittaire et que Saturne est ascendante, vous présenterez l'enfant sur l'autel pour son baptême...*

Bladh expliqua que l'« enfant » était un cristal noir qu'on chargeait d'énergie psychique par de révoltants rituels de magie noire.

« S'il vous plaît, ne me demandez pas ce qu'est l'énergie psychique. Ça, personne ne le sait. Mais il semble qu'à la fin de ces rituels, ce qu'on appellera une barrière électrique psychique, faute de terme plus approprié, était parfois créée. La pierre étant entourée d'un cercle à l'intérieur duquel un non-initié recevait des impulsions télépathiques (la mention d'une barrière électrique télépathique me rappela les mouettes qui ne se posaient jamais sur la falaise). La forte anxiété que ressentaient les personnes tentant de s'approcher de Ruutinkari confirme parfaitement cette théorie. Un radar télépathique se met en route lorsque les visiteurs arrivent à une certaine distance. S'ils n'ont pas le bon sens de faire demi-tour à temps, des hallucinations sont provoquées par télépathie. Maintenant, vous savez pourquoi les serpents de Ruutinkari survivent à l'hiver : *il n'y en a pas.* La suggestion télépathique est tellement forte que les éventuels visiteurs y voient des serpents, sentent leur morsure, et meurent tout bêtement de peur. Ce cristal doit encore être là-bas. »

Chapitre V

Deux voyages à Ruutinkari

Les deux semaines qui ont suivi ont été le théâtre de bien étranges activités. Bladh m'a envoyé à Helsinki de nombreuses fois, pour des missions très singulières. Une fois, il voulait que je fasse des copies de certains passages du *Troisième Livre de Sténographie* de Trithemius, ou bien des travaux d'Arnaldus de Villanova. Une autre fois, j'ai dû rendre visite à des personnalités de haut-rang, muni d'une lettre de recommandation de Bladh, pour obtenir d'eux certains permis, puis vérifier d'obscurs passages dans les livres de Clement Wardwell ou de Caspar Unhold. Nous nous sommes également rendus à Ikaalinen pour tâter le terrain. Bladh s'est y entre-tenu longuement avec N et sa femme. À un moment

de la conversation, Bladh s'est montré très surprenant ; il avait posé des questions à N sur le cri de Rolfwén, celui qui avait invoqué le dhole. « Est-ce que ça sonnait comme ça ? » avait demandé Bladh, avant de produire un son impossible à transcrire. Quelque chose comme ça :

KRKPWP'FL N'GJA N'GJA UUAAGHH KRL KRL TSATHOGGUA FHTAGN ! IÄ ! TSATHOGGUA !

« Ouais, ça y ressemble, mais le vieux Rolfwén le hurlait bien plus fort » dit N.

Bladh expliqua qu'il avait parlé doucement pour ne pas troubler la paix du voisinage ou de Ruutinkari.

Une fois nos premières investigations terminées, nous sommes retournés à Ikaalinen en février 1965 pour des « vacances d'hiver ». Bladh s'était procuré une paire de skis. Même s'il était difficile de se représenter Bladh hors de sa bibliothèque, il était tout de même parfaitement capable d'en faire sans tomber. D'abord, il rendit visite au sheriff pour lui montrer les permis signés de certains officiels de haut-rang, qui disaient que nous allions devoir produire des explosions sur Ruutinkari lors d'expériences scienti-fiques. Comme l'île était déserte et que les détonations ne risquaient ni de blesser quelqu'un, ni de ne détruire quoi que ce soit, les fonctionnaires locaux avaient l'ordre d'appuyer ce projet et d'apporter leur aide si besoin était.

Nous avons commencé notre randonnée à skis vers Ruutinkari aux alentours de midi. Le large détour effectué par les pistes pour contourner cet endroit nous confirma clairement qu'on avait cherché à l'éviter. Avant de partir, Bladh m'avait demandé si j'avais bien compris que les serpents n'étaient qu'une hallucination et ne représentaient aucun danger tant que je gardais cette information à l'esprit et que je ne cédais pas la panique. De plus, la « charge » du cristal noir avait probablement diminué avec les années, et il se pourrait bien que nous n'ayons aucune vision. Mais pourtant, j'étais mal à l'aise.

La rive de Ruutinkari n'était qu'à quelques mètres lorsque la sensation qui m'avait été décrite par les autres visiteurs me submergea : mon esprit était baigné d'un insondable découragement et un désir absolu de renoncement. Ma dépression laissa place, au fur et à mesure de notre progression, à une terreur que j'avais du mal à contenir. Une fois débarqués, nous avons abandonné nos skis, puis entrepris, avec précaution pour ne pas risquer de nous fouler la cheville, l'ascension des rochers glacés. Puis, j'entendis le sifflement... Je vis de mes yeux un serpent noir, même si son apparence avait quelque chose de déliques-cente et d'insipide. Alors que nous progressions vers l'intérieur de la falaise, le serpent flottait obstinément à côté de moi, dressé, tentant de me mordre.

« Il est vraiment en mauvais état, n'est-ce pas ? » dit Bladh. « Concentrez-vous sur l'idée que ce serpent n'a pas de tête. » Je fis ce qu'on me disait de faire, et la tête du serpent disparut presque complètement. Le serpent sans tête glissait à côté de moi sur le rocher, essayant toujours de me mordre, mais il ne représen-tait plus une menace. Pourtant, mon angoisse grandit encore lorsque nous sommes arrivés en vue de la maison.

Enfin, elle était là : la fameuse maison des horreurs abandonnée depuis plus de quarante ans. De l'extérieur, elle n'était qu'une simple maison abandonnée comme il en existe tant. Une maison de campagne finlandaise, dont rien à l'intérieur, à part un papier jauni comportant une étoile noire à onze branches et les lettres *O.Q.* sur le mur de la grande pièce, ne rappelait la présence de son ancien propriétaire. Malgré cela, il m'était impossible psychologiquement de m'y engager : j'étais submergé par d'incessantes vagues d'horreur. Faire un simple pas en avant me semblait par moment impossible. J'avais envie de me jeter à terre ou de m'enfuir en hurlant, voire *d'étrangler Bladh*. Ce satané charlatan m'avait-il entrainé ici pour que j'y meure ? La cause de tous mes problèmes, c'était lui. J'étais pendant un instant tellement fou de colère que le meurtre me semblait une bonne solution. Bladh me parla, et sa voix, résonnant comme si elle venait de très loin, m'effraya. Sa diction saccadée et hésitante trahissait l'apparent trouble que lui inspirait cet endroit : « Nous y voilà, et bientôt, tout sera terminé… Nous devons trouver l'endroit où le sentiment d'hostilité est le plus fort… Faites attention, certaines les lattes du parquet sont pourries. »

Parcourir quelques mètres dans la pièce semblait prendre une éternité. Bladh m'avait demandé de trouver l'endroit où la sensation d'inimitié était la plus intense. C'est à cet endroit que serait caché le cristal. Nous y sommes enfin parvenus : l'angle nord-ouest de la grande pièce. Mon ami retira les restes d'un tapis qui traînait sur le sol. Les lattes qui se trouvaient dessous étaient déchaussées. Bladh sorti un marteau de son sac à dos, et en arracha trois. J'aurais parfaitement pu l'aider, mais, même si ma vie en avait dépendu, j'aurais été incapable de faire le moindre pas en avant. Préserver le peu de santé mentale qui me restait me demandait un effort titanesque. Je vis les étoiles noires dans l'espace interdit... les shantaks qui tournaient autour de moi en poussant leur cri perçant... les dholes qui sortaient de leurs antres en rampant. *Iä! Iä! Tsathoggua!* Ce désert gelé dehors... n'étions nous pas dans Kadath, la cité interdite ? La pierre noire du pays de Mnar... la pierre noire. *Zathucker kommt, wenn die Kristalle rot...*

"*Ph'nglui mglw'nafh Cthulhu R'lyeh wgah'nagl fhtagn!*"

Je m'éveillais en sursaut. C'était Bladh qui hurlait ces mots, et il semblait, lui aussi, sur le point de s'effondrer. Il tenait un vieux coffre d'acier rouillé, qu'il a, au prix d'un énorme effort, réussi à pousser par la fenêtre. La sueur inondait son visage.

Lorsque le coffre tomba dehors, l'horreur relâcha, bien que très légèrement, son emprise. Bladh déclara : « Et bien, nous sommes parvenus à faire ce qui était presque le plus difficile. »

« *Presque* le plus difficile ? »

« Oui, comme je vous l'ai indiqué, nous devons briser le cristal. Et avant cela, il nous faut ouvrir ce coffre. Je vais l'ouvrir, et, puisque vous êtes plus jeune et plus fort que moi, vous allez le briser. » Bladh pris un burin dans son sac et sortit. Je suivis, peu rassuré quant à ma capacité à effectuer ma part du travail...

Le Ver de Minuit à Ikaalinen

Bladh sembla lutter pendant une éternité avant de réussir à ouvrir le coffre. Il était là, ce cristal, dont émanait la puissance maléfique de tous les cultes souterrains. Je ne m'en approcherais pas, à aucun prix… et ces serpents… ils grouillaient sur toute l'île.

« Voyez-vous des serpents ? » demanda Bladh dans une voix qui se voulait joyeuse, mais qui tenait plus du jappement d'un loup blessé. Ses mots me redonnèrent un peu de force, et je parvins à me saisir de la pierre. Elle faisait vingt centimètres de long, et son côté le plus large mesurait dix centimètres, un objet ressemblant à un cristal, poli, aux formes irrégulières, orné d'inscriptions que je n'arrivais pas à déchiffrer. La pierre ne devait pas, en réalité, peser bien lourd, mais la soulever me paraissait presque impossible. J'arrivais à peine à l'amener au niveau de mon visage. D'un geste mou, je la jetais sur une excroissance anguleuse du socle rocheux.

Une flamme verte étincela lorsque la pierre frappa les rochers, et d'autres serpents s'ajoutèrent soudainement à la masse grouillante. Nous n'allions pas nous en sortir vivants, au mieux nous perdrions totalement l'esprit. *Tibi, Magnum, Innominandum, signa stellarum nigrarum et Bufaniformis Sadoguae sigillum… Kutunluu ve'essä nukkuu, Satakuua maan sisässä…* bientôt Il sera là.

•

Bladh me secoua pour me réveiller. Le langage qu'il avait employé ferait, je dois l'avouer, rougir un sergent instructeur, mais l'agressivité de son comportement était ce dont j'avais besoin pour me permettre de recouvrer une semblance de normalité.

« Un bon début » déclara joyeusement Bladh. Il me montra la pierre du doigt. Elle était légèrement ébréchée. Il prit le burin et le marteau, plaça le burin sur le point de rupture et, de toutes ses forces, le frappa avec le marteau.

Des flammes vertes engloutirent totalement l'île. J'aperçus dans l'incendie des serpents et des monstres pour lesquels il n'existe pas de nom dans notre langue. Un hurlement perçant et inhumain retentit jusque dans les moindres recoins du lac Kyrösjärvi. La terre trembla sous mes pieds, toutes les monstruosités de mes cauchemars sortirent de leurs antres. *Iä! Tsathoggua!...*

Je repris conscience après quelques minutes. Bladh me dit qu'il s'était aussi évanoui, mais n'avait reprit conscience que peu de temps avant moi. Il se saisit d'une gourde dans son sac à dos et en but une énorme lampée. À côté de lui, la pierre gisait, brisée en deux.

« Voilà, c'est fait, on a bien mérité un petit coup » dit Bladh. Il me tendit la gourde. Elle était remplie de cognac, et j'en avalais une bonne gorgée. Je me sentais épuisé au- delà du possible.

« Pensez-vous que les flammes vertes étaient visibles de loin ? » demandais-je.

« C'est absurde, ces flammes étaient une illusion télépathique. La 'portée' de cet objet n'était que de quelques dizaines de mètres, personne n'a rien vu. Maintenant, occupons nous des derniers arrangements. »

Nous avons brisé la pierre noire en tout petits morceaux ; les flammes vertes et les serpents continuaient à se manifester, mais, au fur et à mesure que la pierre se cassait en morceaux toujours plus petits, le phénomène diminua en intensité, jusqu'à disparaître totalement. Pour finir, nous sommes revenus à l'endroit où nous avions trouvé le coffre. La maison nous semblait toujours hostile, mais cela n'avait rien de comparable avec les horreurs que nous avions vécu juste avant.

À l'endroit où nous avions trouvé le coffre se trouvait également un ensemble de pierres décoratives disposées en forme d'étoile à onze branches. Nous les avons ramassées avant de les jeter par la fenêtre sur la glace. Quand celle-ci fondrait, les pierres couleraient jusqu'au fond du lac et ne feraient plus de mal à personne. Bladh semblait pourtant inquiet d'avoir oublié un détail. Il frappa les murs, creusa la terre avec le burin, et finit par arracher une latte (avec mon aide, cette fois). Et là, sous le plancher, gisait une vieille et fragile omoplate de bouc—*kutunluu*—marquée de l'omniprésente étoile à onze branches dont j'ignorais la signification. Bladh m'expliqua que c'était le symbole du premier décan du sagittaire.

« Hm… Je devrais essayer ça pour avoir de la chance à la pêche » dit Bladh, qui avait retrouvé son habituelle jovialité. « C'est dommage de devoir détruire des objets folkloriques si intéressants. » Il jeta l'omoplate sur le sol et la brisa d'un coup de talon.

En repartant, je jetais un œil à ma montre et me rendis compte que, même si tout cela me semblait avoir duré des éternités, il ne s'était écoulé qu'une demi-heure depuis notre arrivée à Ruutinkari. Je tentais d'adopter l'attitude de Bladh et demandais (en soulevant mon bonnet fourré) si mes cheveux étaient devenus blancs. « À peine grisonnants » fut sa réponse.

Une fois dehors, nous nous sommes rendus à la berge nord de la falaise. Là, se trouvait une cave dont la porte d'entrée s'était écroulée, et où un trou noir béait sur le mur du fond. Les horreurs passées s'insinuaient à nouveau dans mon esprit. Nous avions encore une tâche à accomplir… J'étais exténué, et je demandais à Bladh si nous pouvions remettre notre expédition à un autre jour.

« Impossible » me répondit Bladh. « Cette chose sait ce que nous sommes en train de faire, même si elle ne va pas s'aventurer à l'extérieur pendant la journée. Il serait extrêmement dangereux de la laisser en liberté, ne serait-ce qu'une nuit. »

Nous avons profité, lors de notre retour à skis, d'un trou qu'avait fait un pécheur dans la glace pour y jeter les morceaux de pierre. Qu'ils reposent à cet endroit jusqu'au jour du jugement dernier !

Je priais Bladh de me pardonner de m'être montré si faible, mais il écarta mes excuses d'un geste de la main. « Compte tenu des circonstances, on peut dire que nous avons tous deux accompli notre mission de manière satisfaisante » dit-il. « Si on garde à l'esprit le fait que nous savions à quoi nous attendre, on est en droit de se demander ce qui serait arrivé à des personnes qui ne savaient pas ? La force physique et le courage ne servent pas à grand chose, avec un système comme celui-là. La chose la plus importante est de ne pas céder aux suggestions. Et comme je l'ai dit, la puissance de la pierre était déjà en train de décliner. Nos connaissances et notre courage ne nous auraient été d'aucune aide il y a quarante ans. »

« Comment Rolfwén pouvait-il se faire livrer des marchandises de temps à autre, comme nous l'avons entendu ? »

« Et bien, ce système est un peu comme un radar. Quand il attendait une livraison, il coupait le courant, pour ainsi dire. »

Nous sommes retournés à l'hôtel, où nous avons pu dormir quelques heures avant de nous remettre au travail. N nous avait laissé un message : dans l'enveloppe se trouvait une photographie de Rolfwén prise en 1895, découpée dans un journal. L'image représentait un jeune homme grand et décharné, à l'air grave et au visage fin, au front haut et avec un long menton. C'était donc cela, l'ennemi dont nous avions été amenés malgré tout à reconnaitre les compétences.

Le soleil se couchait lorsque nous nous préparions pour notre seconde expédition. Bladh ouvrit une petite malle, qu'il avait manipulé avec soin pendant tout le voyage. Je fus assez choqué de constater qu'elle contenait de la dynamite. Elle fut précautionneusement posée sur un traîneau qu'avait loué Bladh. Arriver jusqu'aux glaces avec le traîneau n'a pas été simple : nous avons dû, pour éviter un long détour par Kiviniemi, prendre le risque de le conduire sur une pente abrupte. Bladh, fuyant comme à son habitude tout travail laborieux, avait choisi le chemin le plus court, et la route la plus raide. Un passage du nom de Tenkooli partait de l'hôtel vers les rives du Kyrösjärvi, et nous l'avons emprunté en traîneau. Bladh était assis à l'arrière, maintenant la malle et les skis, et je manœuvrais du mieux que je le pouvais. Arrivés au lac, nous avons poussé un soupir de soulagement avant de chausser nos skis et de commencer à tirer le traîneau. Le soleil s'était déjà couché, et il faisait déjà noir lorsque nous arrivâmes à Ruutinkari. Le peu de lumière venait des étoiles. Le cristal noir n'était plus là, et donc, les serpents non plus, mais la terreur était quasiment aussi intense. Là, derrière la porte de la cave qui se dressait devant nous de façon menaçante, était tapi le monstre des éternités passées, le Ver de Minuit, qui avait sévi à Ikaalinen pendant tant d'années. Je crus entendre quelque chose se traîner vers la surface pendant notre ascension...

Debout sur le rocher, Bladh fit résonner de toutes ses forces l'appel inhumain qui m'avait déjà choqué lorsqu'il l'avait prononcé doucement. Des sons s'échappèrent de la cave, et, baigné d'une phosphorescence sinistre, le monstre apparut. Elle était là, l'abomination venue d'une autre dimension, le Ver de la Nuit, serviteur du noir et informe Tsathoggua, celui qui exige des sacrifices de sang, l'objet de rituels d'adoration souterrains !

Nous avons jeté nos explosifs dans la cave, et nous sommes mis à l'abri. L'explosion nous rendit sourd pendant quelques minutes, les fragments rocheux pleuvaient sur nous, et l'écho du fracas résonnait d'une rive à l'autre. À la place de la cave se trouvait à présent une pile de gravats d'où s'échappait une fumée à l'odeur fétide. La cheminée et le mur nord de la maison avaient succombé à la puissance de la détonation (la maison fut totalement démolie au printemps et ses décombres furent emmenés sur les berges de Kasinonranta pour qu'on en fasse un feu de joie).

J'ai très peu de souvenirs de la façon dont nous sommes rentrés à l'hôtel et du taxi que nous avons pris pour Tampere. Tout cela a été chassé de mon esprit par une image singulière, qui revient hanter mes nuits de temps en temps : *le visage de ce Ver de Minuit déformé par la haine, suintant de malveillance, était le visage de Göran Roflwén. Alors que nous allions jeter la dynamite, il avait hurlé d'une voix sifflante et inhumaine « Je reviendrai ! » Car le Ver de la Nuit est immortel, et les signes des étoiles interdites l'invoqueront sur la terre, et derrière les dholes, Il arrive, l'horreur des innombrables éternités, noir et sans forme, Tsathoggua !*

Paappana

ou

la musique d'Erkki Santanen

Il y a longtemps, les habitants de notre ville considéraient Paappana comme le point de rencontre idéal pour les jeunes. Ils étaient attirés là par la musique, bien sûr, les concerts au cours desquels des gens de leur âge faisaient, de leurs mains, jaillir la musique de leurs guitares électriques, leurs basses, leurs synthétiseurs et leurs batteries.

Toute sorte de jeunes venaient en pèlerinage à Paappana. Le moindre couple d'adolescents qu'on croisait était en train de raconter leurs aventures à Paappana, ou le groupe excellent qui s'était produit dernièrement en concert, ou qui avait fait un bœuf. « J'ai vu 'Les Hors la loi du Destin' jouer à Paappana, et fais-moi confiance, ils ont beaucoup changé depuis la dernière fois que je les ai vus. Make à la guitare, c'est vraiment quelque chose, et tu aurais dû voir le solo de batterie de Kake. On dirait qu'il a quatre mains. Et je ne t'ai pas dit le meilleur : Jokke a appris à chanter—les autres chanteurs, quand ils l'entendent, il doivent avoir la honte ! »

C'est le genre de choses que disaient les gens qui avaient visité Paappana. Cet endroit dégageait une magie extraordinaire, tout du moins en ce qui concerne la musique. Paappana a transformé les chanteurs les plus médiocres en véritables maestros, et ceux qui n'étaient capables que de gratter quelques notes sur une basse—et qui ne jouaient que pour rendre service à un copain—se rendaient compte qu'en fait, ils savaient jouer, et qu'ils voulaient réellement s'y mettre.

C'est un lieu commun de dire que le rock et la drogue allaient ensemble, mais si on allait à Paappana, on se rendait compte que, à cet endroit, ce n'était pas le cas. La devise de cet endroit, c'était que la drogue la plus forte qui circulait ici, c'était la musique. Les amateurs d'alcool ou de marijuana jetaient leur bouteille ou leur joint quand la douce mélodie de ce lieu leur arrivait aux oreilles.

Cela dit, on peut également associer cette façon de chanter et le sexe. Et effectivement, si on cherchait l'amour, aller à Paappana était une bonne idée. Là-bas, il n'y avait que des cœurs heureux, et les plus jolies filles répondaient avec gentillesse aux avances des garçons les plus timides. Les couples les plus inattendus se sont formés à Paappana. Une reine du disco pouvait tomber amoureuse d'un rat de bibliothèque, ou un beau mec vêtu de cuir d'une fille réservée portant des lunettes en cul-de-bouteille. Et c'était le genre de relation qui, contre toute attente, tenait le coup bien longtemps après la première rencontre.

Paappana, le club rock dans la vieille usine, c'était ce genre d'endroit. En fait, Paappana, c'était le nom du quartier, mais quand ceux qui n'y vivaient pas parlaient de Paappana, ils voulaient parler de l'usine. Personne ne vivait dans la moiteur des maisons pourrissantes de cette partie de la ville, à part les petits criminels et les mendiants, les poivrots des ruelles et les chômeurs, et c'était clair que personne ne viendrait leur rendre visite. Ce quartier abritait aussi quelques personnes âgées au tempérament calme et posé, des retraités qui n'avaient pas les moyens de déménager. Quand un club pour musiciens s'est ouvert dans l'ancienne usine, ces personnes se sont montrées distantes et soupçonneuses avec les nouveaux venus, inquiètes du fait que les drogués n'allaient pas tarder à arriver maintenant que les chanteurs étaient là—ce qui était ironique si on considère à quel point une grande partie des habitants de cette banlieue aimaient boire. Mais la musique est un bon médiateur, et lorsqu'ils constatèrent ce que faisaient les personnes allant à ce club, la plupart des riverains en arrivèrent à la conclusion que ces jeunes gens enthousiastes qui redonnaient un peu de vie au quartier, c'était super.

Le club débordait de musiciens très doués, mais cependant, l'un d'entre eux était au-dessus du lot. Il s'appelait Erkki, Erkki Santanen. C'était un jeune homme vif, et la musique était son étoile polaire, mais il était quand même de bonne compagnie et n'hésitait

Paappana, ou la musique d'Erkki Santanen

pas à s'intéresser aux autres pour savoir s'ils ressentaient pour autre chose la passion qu'il éprouvait lui-même pour la musique. Si c'était le cas, il les laissait parler et les écoutait d'une oreille attentive. Sinon, il faisait de son mieux pour leur expliquer à quel point il est important, pour continuer à avancer, d'avoir une raison et un but. Quand il était encore au mieux de sa forme, il était comme ça, Erkki Santanen. Même s'il était passionné de musique, il s'intéressait aux gens quand même, et en fin de compte, c'était la même chose.

Erkki Santanen était, lorsque la vie et la musique de Paappana étaient à leur apogée, le symbole de l'esprit du club. Mais avec le temps, l'ambiance de cet endroit a commencé à se détériorer, à la même époque où Erkki a lui même perdu son chemin. Je sais ce que vous pensez, mais ce n'était pas ça. Il n'a jamais été question de drogues ou d'alcool. Il a simplement perdu son goût pour les rencontres et l'amitié. Ses yeux brillaient d'une lueur étrange, et sa voix avait pris un côté fanatique. Il cherchait une nouvelle forme de musique, une perfection comme il n'en existe pas en ce monde, et au lieu de faire un bœuf avec d'autres musiciens, il restait enfermé tout seul à la cave pour composer sa musique en tapotant sur son synthétiseur.

Et ceux qui ont pu écouter ce qu'avait fait Erkki à l'époque en sont repartis terrifiés et choqués. L'un d'entre eux a totalement perdu la tête et a fini par se suicider après deux mois passés dans un asile d'aliénés. Malgré tout, Erkki s'en foutait complètement. Il était tellement absorbé par sa musique qu'il ne se préoccupait plus des autres—qu'ils soient vivants ou morts ne faisait aucune différence à ses yeux.

Sa musique était vraiment surnaturelle. La plupart des vieux amis d'Erkki ayant fini par perdre contact avec lui au fur et à mesure qu'il se renfermait sur lui-même, très peu de personnes ont pu écouter cette musique. Les quelques personnes qui en ont fait l'expérience et ont accepté d'en parler mentionnent des rythmes qui ne respectaient pas même leur propre cadence, et d'étranges pensées qui vous passaient par la tête lors de l'écoute, comme si on était sous l'influence d'une drogue psychédélique. On voyait des couleurs que nos yeux n'avaient jamais perçues, on entre-apercevait les terres lointaines et des villes sous d'étranges cieux, sur d'autres planètes, et on voyait des monstres venus d'ailleurs errer dans les rues de ces villes.

La musique d'Erkki Santanen sonnait comme ça, et ce n'était pas bon pour la santé mentale de ses auditeurs. Et en fin de compte, c'est cette musique qui a entraîné la ruine du club. Erkki était devenu tellement silencieux, tellement taciturne, tellement bizarre dans sa façon d'être qu'on a commencé à s'inquiéter à son sujet. Au fur et à mesure qu'Erkki se retirait dans son propre petit monde, l'ambiance qui régnait à cet endroit s'est étiolée jusqu'à disparaître. Les musiciens étaient moroses, et ça s'entendait dans leur musique. Ils se mirent à chercher un autre endroit où jouer dans d'autres banlieues, et le public cessa de se déplacer pour les voir jouer. À la fin, il n'y avait plus qu'Erkki, Erkki Santanen, devenu incroyablement excentrique, dont la barbe épaisse n'avait pas vu l'ombre d'un rasoir depuis longtemps, pas plus que sa crinière de cheveux n'avait rencontré un peigne. Au premier regard, on pouvait le prendre pour un fou, ou un homme des cavernes échappé de l'âge de pierre, ou les deux.

Puis, Erkki disparut. Une personne comme lui disparaissait souvent pour quelques temps à la recherche d'un peu de réconfort ou d'inspiration, avant de finir par réapparaître, et, comme vous vous en doutez sûrement, le peu d'amis qui lui restait n'ont pas averti la police tout de suite. Mais personne n'avait la moindre idée de l'endroit où il était. Personne ne l'avait vu dans ses repaires habituels, et quand ceux qui le connaissaient se sont rendus à Paappana, ils n'ont vu que des instruments qui ramassaient la poussière. C'était mauvais signe. Même s'il s'était complètement égaré, nettoyer ses instruments et les conserver en bon état restait important pour lui. Pour dire la vérité, la musique était devenue sa seule raison de vivre, et il s'occupait de ses outils avec encore plus de soin, même si le soin qu'il apportait à sa propre apparence le faisait ressembler à un homme de Néanderthal.

Les policiers ont fouillé les moindres recoins de la vieille usine et ont passé la région au peigne fin sans jamais retrouver le jeune homme, ni même son cadavre. Ils savaient que quelques habitants de ce quartier avaient commis de graves crimes pendant leur jeunesse, et avaient passé beaucoup de temps en prison. Pourtant, les interrogatoires serrés que leur firent subir les policiers ne furent d'aucune aide. Les malfrats avaient même juré qu'il ne leur viendrait jamais à l'esprit de faire du mal à aucun des jeunes musiciens. Ils étaient aussi tristes que les autres de la façon dont la musique avait déserté leur quartier, et aimaient vraiment beaucoup ce que faisaient ces jeunes groupes, quand ils le faisaient encore. L'officier en charge de l'enquête pensait que ces anciens criminels disaient la vérité quand à leur absence totale d'implication dans la disparition d'Erkki, et les laissa donc partir après avoir pris leurs dépositions.

Les années passèrent, et l'âge d'or de la vieille usine fut oublié. Mais l'était-il vraiment ? Peut-être pas. Les couples qui étaient tombés amoureux à Paappana se sont mariés, pour la plupart. Ils chérissaient leurs souvenirs de cet endroit, car ils savaient bien que leur conte de fées n'aurait jamais pris vie s'il n'y avait pas eu, un beau jour, ces musiciens. Pourtant, ils savaient qu'il y avait quelque chose d'étrange, dans cette vieille usine. On pourrait penser que certains riverains pourraient vouloir aller écouter les quelques musiciens qui jouaient encore là, mais non, ils évitaient de s'y rendre. Le bâtiment était pourvu de large fenêtres, comme la majorité des usines en briques rouges, et on pouvait y apercevoir les instruments de musique d'Erkki Santanen qui prenaient la poussière. Pourquoi personne ne les avait volés, maintenant que leur jeune propriétaire avait disparu depuis des années ? On dirait que ces instruments de musique n'avaient aucune intention de partir, même sans leur propriétaire. On évitait d'entrer et de toucher à ses affaires. Pensait-on qu'ils étaient maudits ?

Paappana, ou la musique d'Erkki Santanen

Cette situation était si singulière qu'un groupe de jeunes hommes, qui se connaissaient depuis l'époque du Paappana, commencèrent à se réunir régulièrement pour échanger leurs souvenirs du club, et—au fur et à mesure que leurs réunions prenaient place—se mettre à planifier des voyages de reconnaissance. Le chef du groupe était un jeune historien, qui s'appelait Robert Bladh. Il venait tout juste d'obtenir son diplôme à l'université, mais en plus, il avait un oncle—ou grand-oncle, peut-être—qui était mort deux ans plus tôt, un vieil homme du nom d'Herbert Bladh, qui avait laissé derrière lui toute une collection d'archives et de notes concernant les sciences occultes. Et Robert était de ceux qui pensaient que ces documents pourrait bien être utile à quiconque souhaiterait se plonger dans les mystères de Paappana.

Les sciences occultes, vous dites ? On peut se dire que c'était juste une chose avec lesquelles les vieilles biques passaient le temps. Mais on aurait tort. En farfouillant dans les documents de son oncle, Robert trouva la preuve que le vieil homme avait entrepris un mystérieux voyage à Ikaalinen, une petite ville de l'ouest du pays, pour y faire reposer en paix une sorte de spectre. L'histoire voulait qu'un homme appelé Göran Rolfwén—un érudit intéressé par l'occulte et le mysticisime—avait invoqué une sorte de serpent d'un autre monde pour en faire son esclave. La bête aurait finit par échapper à son contrôle, et on raconte qu'elle s'est enfuie pour s'installer à Kyröjärvi, ce joli lac du côté d'Ikaalinen. Le monstre s'est déchainé dans le lac pendant des décennies, et a causé bien des problèmes. Parfois, par exemple, il tuait une vache qui broutait dans le pré près du lac, ou bien attrapait des bambins sur la rive. Parfois, il attaquait les bateaux qui traversaient le lac. Comme les gens du coin ne comprenaient pas ce qui s'était passé, ils n'avaient aucun moyen de mettre fin à ces attaques. Mais Herbert Bladh n'a pas perdu de temps lorsqu'il a promis à un jeune universitaire d'Ikaalinen qu'il allait bannir ce ver hors de notre univers et le repousser dans la dimension de laquelle, et d'entre laquelle, il était venu.

Quand Robert a commencé à en parler, les autres se sont demandés au premier abord si le pauvre homme n'avait pas perdu la tête. Il avait cependant conservé son habituelle attitude calme et posée, et ce n'était pas quelqu'un de superstitieux. Il avait été un adepte de l'informatique pendant sa jeunesse, et la vue scientifique qu'il conservait depuis sur le monde qui l'entourait était totalement incompatible avec tout élément surnaturel. Il avait rencontré Tanjapetra Janatuinen au cours d'une soirée à Paappana, une jolie fille dont les centres d'intérêt ne semblaient être que, malgré ses bons résultats scolaires, les vêtements, et sa propre apparence physique. La magie de Paappana fit son œuvre comme de coutûme, l'influence qu'ils avaient l'un sur l'autre les fit changer, et ils finirent par étudier l'Histoire ensemble. Depuis, Tanjapetra étudiait à l'école en ville, et Robert rédigeait sa thèse de doctorat.

Dans l'ensemble, Robert n'était pas quelqu'un de superstitieux : il était resté, depuis sa jeunesse, un homme de raison, très scientifique. De plus, c'était désormais un homme marié. Il allait fort probablement fonder sa propre famille dans les prochaines années. Donc, une fois passée la surprise initiale, ses amis furent heureux d'écouter ce qu'il avait à dire.

Robert raconta que son oncle Herbert avait amassé une grande quantité de précieuses informations concernant les phénomènes surnaturels, et était en mesure de les expliquer scientifiquement. Heu, à peu près scientifiquement, si on veut. Herbert avait dû recourir à des concepts qui, dans le monde scientifique, n'étaient pas très reconnus. Cependant, Robert avait dans l'idée qu'il n'était pas exclu de pouvoir réconcilier ces concepts avec la physique moderne. Quoi qu'il en soit, la conclusion qu'avait tirée Robert des travaux de son oncle, c'est que le vieil homme avait compris les lois naturelles des « dimensions entre et du milieu », et réussi à en définir le système, ou la théorie. Robert croyait que l'étude des notes du vieux permettrait l'apprentissage de ces lois et des relations qui les unissent, et il rassembla les extraits les plus importants à l'attention de ses amis, afin qu'ils puissent prendre connaissance des théories de son oncle et en tirer leurs propres conclusions.

Robert avait également rencontré l'homme qui avait fait visiter Ikaalinen à Herbert il y a quarante ans. L'homme perdait depuis ses cheveux gris, mais d'un autre côté, c'était tout de même un professeur d'université, et un philosophe reconnu. Le professeur, au début, refusa, et s'excusa sincèrement, mais finit par accepter de venir rencontrer le cercle de jeunes hommes afin de leur raconter son expédition, Robert ayant pensé qu'il était plus judicieux que ses compagnons en connaissent tous les détails, au cas où il aurait fallu visiter la vieille usine et qu'on y aurait trouvé quelque chose de bizarre ou d'effrayant.

Tanjapetra voyait bien que son mari concoctait quelque chose d'inhabituel avec ses amis. Elle a commencé par y accorder peu d'importance, mais, alors que les semaines passaient, sa patience commença à faiblir, et elle finit par lui poser la question fatidique. Et bien sur, l'homme ne pouvait décemment pas inventer une excuse pour se débarrasser de sa femme. Quand on faisait abstraction des détails, le cœur du sujet était la vieille usine de Paappana où ils s'étaient rencontrés et étaient tombés amoureux. Tanjapetra avait donc le droit de connaître la vérité, aussi difficile à accepter qu'elle put être.

Et Robert lui raconta tout : que lui et les autres membres du groupe voulaient en savoir plus à propos de la vieille usine et découvrir le secret de Paappana, s'il y en avait un, ou au moins de le comprendre. Tanjapetra resta silencieuse pendant un instant, réflechissant à ce que son mari venait de lui dire. D'un côté, elle aurait préféré oublier Paappana et profiter de la belle vie qu'elle avait avec Robert. Ils étaient toujours follement amoureux l'un de l'autre, et vivaient l'instant présent. D'un autre côté, elle comprenait très bien pourquoi son mari voulait faire cela. Le sort que Paappana avait jeté sur elle pendant son adolescence, l'atmosphère irréelle qui était la base de la réputation du club ; tout cela était gravé dans la mémoire de Tanjapetra, enraciné profondément au cœur de son être. Dans un sens, la vie avait semblé insipide après l'époque de Paappana, si on ne tenait pas compte du fait qu'elle s'était mariée à un homme qui avait autrefois ressenti la même magie qu'elle.

Si Robert avait préféré ne plus jamais mettre les pieds à la vieille usine, il n'aurait pas été l'homme que Tanjapetra avait épousé. C'était aussi simple que ça. Elle avait besoin d'un homme dont Paappana avait changé la vie, et la curiosité de son homme quant à la façon dont sa vie avait changé, quant aux forces à l'origine de ce changement, était le prix à payer.

Tanjapetra déclara donc à son mari : « je préférerais que tu restes ici, plutôt que d'aller fricoter avec des monstres dans la vieille usine. Je ne sais même pas si cette vieille ruine tient encore debout. Mais je suppose que je ne peux rien faire d'autre que de te laisser satisfaire ta curiosité, et dans un sens, je te comprends. Après tout, c'est le club Paappana qui nous a fait nous rencontrer, n'est-ce pas ? »

Robert était ravi que sa femme soit si compréhensive, mais au fond, il n'en attendait pas moins d'elle. Elle, pour sa part, voulait simplement savoir si la magie qui avait opéré à Paappana, et la désagrégation de cette atmosphère par la suite, avait une origine surnaturelle. Elle avait aussi un côté très traditionnel, le genre de femme qui préférait laisser ce genre de missions périlleuses à son mari, et qui pourrait l'en blâmer ? Et malgré tout, cela lui restait sur la conscience. Peut-être, avant l'instant crucial, devrait-elle empêcher son mari de s'impliquer en quoi que ce soit ayant un rapport avec Paappana. Peut-être devrait-elle y aller avec lui et ses amis. Mais son cœur ne la laisserait pas faire, même si elle détestait se représenter son mari là-bas, dehors, pendant qu'elle était saine et sauve à la maison...

Elle essaya d'oublier ces pressentiments. Pour l'amour de Dieu, ça n'était qu'une vieille usine dans une banlieue située à quelques kilomètres du centre de la ville, et elle s'inquiétait comme si son mari préparait une expédition au pôle nord ! Est-ce que ça ne serait pas mieux qu'elle laisse Robert faire ce dont il avait envie—il n'allait rien faire là-bas qui sortirait de l'ordinaire, et le fait que cette vieille ruine lui tombe dessus serait l'unique crainte à avoir !

Mais, d'un autre côté, ceci était un danger qu'elle ne pouvait ignorer...

Tanjapetra soupira. Elle aurait aimé que les hommes soient déjà revenus de leur expédition, et que Robert soit en train de tout lui raconter, assis à la table de la cuisine. Il n'y aurait pas de monstres, là-bas, bien entendu. Robert reviendrait à la maison et lui décrirait en détail ce qu'il reste de la vieille usine. Cela leur donnerait l'occasion de parcourir leurs souvenirs des jours à Paappana, quand le club marchait bien, et qu'elle et Robert apprenaient à peine à se connaître...

Un jour, alors que le printemps balayait les restes de neige, les hommes partirent pour Paappana, la banlieue où aucun d'entre eux ne s'était rendu depuis au moins six ans. Leurs femmes—les filles qu'ils avaient rencontrées à Paappana pendant leur adolescence—restèrent toutes chez elles, quelques unes inquiètes, comme Tanjapetra, les autres plaisantant à propos du « pique-nique de printemps des garçons ». « Les hommes ont toujours eu leurs loges maçonniques » dit l'une d'entre elles, une fille nommée Piiajonna, à

Paappana, ou la musique d'Erkki Santanen

Tanjapetra dans un rire moqueur. Tanjapetra essaya de forcer un petit rire, mais malgré tous ses efforts, ne parvint qu'à sentir son cœur sombrer profondément dans sa poitrine, et un frisson lui parcourut l'échine comme si elle était en train de mourir de froid. C'était bizarre, comme Piiajonna avait changé depuis le lycée, pensa Tanjapetra. Quand elles étaient adolescentes, Piaajonna était une fille réservée, pieuse, qui ne tolérait de personne un comportement indécent, alors que Tanjapetra se donnait en spectacle et choquait son entourage en jurant comme un charretier et par son absence totale de retenue lorsqu'elle parlait de sexe. Aujourd'hui, Piiajonna était une femme expansive qui disait des grossièretés, et Tanjapetra n'oserait même pas en rêve se comporter comme cela. En vérité, lorsque qu'elle eut regardé certaines des vidéos de cette époque qui avaient survécu, elle eut honte de devoir admettre que cette vaurienne sur l'écran, c'était elle. La revoilà: la magie de la vieille usine ! L'atmosphère qui régnait dans ce club avait totalement changé les gens qui étaient allés à Paappana pendant son âge d'or.

Même si le quartier de Paappana était déjà pauvre à l'époque où le club fonctionnait bien, la situation s'était encore aggravée au cours des années suivantes, ou du moins c'est ce qu'on disait au centre ville. Il n'y avait plus à disposition pour s'y rendre que deux bus par jour, étant donné qu'il n'y avait plus aucune raison d'y aller. Une poignée de gens s'obstinaient à vivre là-bas, et même les alcooliques finirent par abandonner les vieilles maisons, ou au moins ceux qui n'étaient pas déjà en train de manger les pissenlits par la racine.

Des drogués qui squattaient un bâtiment délabré dans ce quartier ont fait l'objet d'un article dans le journal il y a un an ou deux—non pas la vieille usine, mais une maison en bois que la pourriture rongeait depuis des lustres—et la police a dû intervenir pour les en déloger. Ils étaient les seuls se rendre à Paappana de leur plein gré, alors que tout le monde cherchait à s'échapper de ce trou perdu.

La seule compagnie qu'eurent Robert et ses amis dans le bus fut un vieux monsieur. Il était très gentil, ouvert et sociable, et, lorsqu'il comprit que ces jeunes hommes bien habillés se rendaient à Paappana, il s'intéressa à eux de plus près et entâma la conversation. Savoir que cette bande d'amis allait à Paappana pour aller voir l'ancienne usine lui délia la langue, étant lui même nostalgique du bon vieux temps de la musique, la dernière floraison de Paappana.

« Oh, le club des musiciens » dit-il, « je m'en souviens bien ! Des chanteurs débarquaient à Paappana tous les jours, et tous ces jeunes leur couraient après. Quelle belle époque, belle époque ! Des jeunes gens qui profitaient de la vie au maximum, mais croyez le si vous voulez, on a jamais eu aucun problème avec eux. Ou, je devrais dire, avec vous. » Il sourit. « Bien sûr, pourtant, il y avait des jeunes en couples, des garçons et des filles qui s'embrassaient et s'enlaçaient. Il y en avait tellement qu'il fallait faire attention à ne pas leur marcher dessus ! L'endroit était vivant, à l'époque ! Vous, les gars, vous avez dû vous taper plein de filles à la belle époque du club de Paappana ! »

Les jeunes hommes appréciaient le vieux monsieur, et furent heureux d'admettre qu'ils avaient tous

rencontré leurs femmes à Paappana. Le vieux garçon éclata de rire et les félicita de leur bonne fortune. Puis, il lui demandèrent à quoi ressemblait Paappana—le quartier, mais aussi le club—de nos jours, et l'expression du visage de leur compagnon de voyage changea soudainement. Et bien, dit-il, même si ça n'était pas la joie à l'époque, c'est bien pire aujourd'hui. Lui même n'y remettrait jamais les pieds s'il n'avait pas un vieil ami qui habitait là, un homme qui ne pouvait pas se permettre de vivre ailleurs dans la ville. Son ami était encore plus vieux que lui, et, étant donné qu'il arrivait encore à se déplacer, il allait l'aider et s'occuper de lui de temps en temps.

En ce qui concerne la vieille usine, elle tenait encore debout, mais les habitants du coin étaient réticents à l'idée de s'en approcher. « C'est étrange » dit le vieil homme d'une voix pensive, « un après-midi, il y a deux ans, quand mon copain pouvait encore aller se promener, on a discuté du temps où les musiciens venaient encore, et on a décidé d'aller jeter un œil au vieux club, juste pour se souvenir. Quand on est arrivés devant le bâtiment, on avait plus envie d'y entrer. On était pas fatigués du tout, mon ami était en aussi bonne forme physique que moi, et aussi alerte, mais malgré tout, l'usine nous dégoûtait. Pour dire la vérité, on avait un peu peur, aussi. Quoi qu'il en soit, on a fait demi-tour et on y est plus jamais retournés ni l'un, ni l'autre. Et j'ai entendu dire que bien des personnes par ici ont aussi eu peur quand elles se sont approchés de l'usine. En général, les gens évitent le coin. »

Paappana, ou la musique d'Erkki Santanen

Pourtant, cet homme mettait un point d'honneur à
ne pas croire aux superstitions. Quand Robert lui
demanda s'il pensait que des forces surnaturelles
étaient à l'œuvre dans les ruines de la vieille usine, il
nia d'emblée, et ajouta qu'il avait honte d'avoir eu
aussi peur. Il dit qu'il préférait que Robert et ces
jeunes hommes, puisqu'ils étaient intéressés à ce point
par l'usine, aillent voir ce qu'il y avait dedans par eux
mêmes. Le vieil homme pensait que la police n'avait
pas fait correctement leur travail quand ils ont cherché
Erkki Santanen, il y a toutes ces années. « La raison
pour laquelle les gens croient les histoires horribles
qu'on raconte sur Paappana » expliqua le vieux
monsieur à Robert et ses amis, « c'est que personne
ne sait ce qui est réellement advenu de ce pauvre
gars. »

À l'approche de l'arrêt de Paappana, l'ancien leur fit
de chaleureux adieux, et les exhorta à « bien faire le
boulot ». Bien sûr, ils appréhendaient un peu ce
qu'ils allaient trouver dans le bâtiment. Il y avait
toutes les chances, si l'homme du bus avait raison à
propos de la qualité des recherches qu'avait faites la
police qu'ils tombent sur les os décharnés d'Erkki
Santanen. Mais que feraient-ils s'ils trouvaient son
squelette ? Pour tuer quelqu'un, il faut être en vie.
Erkki Santanen lui-même, même s'il était devenu
quelque peu irascible sur la fin, avait toujours été un
brave type, et Robert ne pensait pas que sa mort
changerait sa façon d'être.

Puis, les hommes partirent vers la vieille usine. Ils
se souvenaient très bien du chemin, et, alors qu'ils
descendaient la rue en direction du bâtiment, ils se

mirent à discuter, et sans surprise, on échangea des souvenirs du temps passé du club. Mais comme l'avait indiqué le vieil homme, il y avait un étrange mur invisible autour du bâtiment. Dès que Robert et ses amis aperçurent l'usine au loin, ils éprouvèrent une certaine réticence. Mais qu'est-ce qu'ils foutaient là ? On ne serait pas mieux au lit avec nos femmes, en train de regarder *Hill Street Blues* sur cette chaine qui diffuse toutes les vieilles séries ?

Robert brisa le silence. « Si nous ressentons tous la même chose au même moment, c'est qu'il s'agit d'une fausse émotion. Il y a une chose là-dedans qui veut nous faire faire demi-tour. Continuons jusqu'à ce qu'on trouve ce qu'il y a là-bas. »

Il continua en direction de l'usine. Puis, voyant qu'il arrivait à maîtriser sa peur, ils le suivirent jusqu'à l'entrée du bâtiment.

« Comment vous sentez vous ? » demanda-t-il à ses compagnons. « Est-ce que quelqu'un a la tête qui tourne, ou se sent déprimé ? »

Personne dans le groupe ne se sentait aussi mal en point. « Ok » dit Robert, « mon oncle mentionne dans ses écrits qu'il voyait des serpents imaginaires dans la vieille maison où se terrait le monstre, et l'illusion était tellement forte que deux personnes sont mortes d'une crise cardiaque parce qu'elles ont cru qu'un serpent les mordait. Quelque soit l'objet qui se trouve ici, il n'a pas l'air de pouvoir nous faire voir ce genre d'illusions. »

« Tu penses qu'on devrait essayer de trouver cet objet— qu'on devrait le briser ? » demanda l'un des hommes.

« Et bien, pas encore. Si cet endroit renferme quelque chose de dangereux, une sorte de monstre qu'on ne pourrait maîtriser, il vaut mieux le laisser 'condamné', pour la sécurité du voisinage. Il est préférable que personne ne vienne libérer cette menace et, du même coup, en être la victime. »

On pourrait croire que ces mots auraient effrayé ces hommes, mais l'illusion de peur que leur infligeait le bâtiment les troublait encore plus. Il leur était difficile de la contrôler, et elle grandissait encore au fur et à mesure qu'ils approchaient de l'entrée principale. Robert ouvrit la porte, et franchit le seuil. Une fois à l'intérieur, sa peur disparut totalement. Il en fut de même pour ses compagnons, qui furent étonnés de se sentir autant à l'aise.

L'endroit était quasiment resté comme dans leurs souvenirs. Pour dire la vérité, il n'y avait pas autant de poussière qu'ils se l'étaient imaginé. Les instruments de musique d'Erkki Santanen étaient posés à leur place habituelle, et semblaient être en bon état. Il faudrait les nettoyer un peu si on voulait jouer un peu de musique, mais on pouvait se contenter de les brancher directement… Mais y avait-il de l'électricité ? Oui, on dirait. « C'est le Conseil qui paye » indiqua l'un des hommes. C'est lui qui, comme il travaillait pour le Conseil, avait obtenu le permis nécessaire à son groupe d'amis pour entrer dans cet endroit. « La politique du Conseil est de continuer à assurer l'éclairage des bâtiments abandonnés, comme celui-ci. On peut descendre à la cave pour allumer toutes les lumières. On pourra voir sans nos lampes de poche. »

« Que pensez vous de l'air, ici ? » demanda soudainement Robert. « On pourrait s'attendre à être étouffés par la poussière, mais non. Également, il y a un petit courant d'air, comme s'il y avait un ventilateur, mais je n'entends aucun bruit mécanique. Vous ne trouvez pas que ça sent comme dans une cave ? »

Le reste d'entre eux acquiesca. Le courant d'air venait de du sous-sol. Il décidèrent, malgré toute la prudence dont ils avaient fait preuve jusqu'à présent, de descendre les escaliers et de fouiller la cave, ce qu'ils firent sans attendre. Une fois en bas, ils allumèrent les plafonniers, ou plutôt les ampoules nues qui pendaient du plafond au bout d'un câble électrique, et fixèrent du regard les murs blancs pendant un instant.

Puis, celui qui travaillait au Conseil laissa échapper un petit cri perçant. Quand le reste d'entre eux se retourna pour voir ce qui arrivait, ils le virent pointer quelque chose de la main droite, le sang chassé de son visage par la peur. Ils regardèrent dans cette direction, et virent que des escaliers descendaient vers un autre étage situé sous la cave.

Le courant d'air était plus fort, en bas, et les hommes pouvaient sentir qu'il venait de l'étage du dessous. Il faisait froid, un froid qui vous glaçait jusqu'à la moelle—un froid bien plus terrifiant et mordant que le froid d'un hiver glacial, un froid inconnu des thermomètres.

Et, alors qu'ils descendaient vers l'étage sous la cave, ils commencèrent à comprendre. Cet étage était organisé comme la cave, mais il n'y avait pas de lumière, pas même d'ampoules à nu. Il n'y en avait pas besoin, car une froide lumière bleutée émanait du mur du fond. Le mur tout entier brillait de cette lumière, et lorsqu'ils s'en approchèrent, ils se rendirent compte que ce n'était pas un mur, mais un rideau, qu'un léger courant d'air faisait onduler.

Robert écarta le rideau et, lorsque ce qu'il y avait de l'autre côté leur fut révélé, les hommes comprirent où Erkki Santanen avait tiré son inspiration pour le nouveau genre de musique qu'il essayait de créer.

Il y avait une sorte d'espace, de ciel, ou d'autre univers, resplendissant de ce rayonnement bleuté. Les hommes purent cependant apercevoir au devant de ce paysage des corps astraux et des planètes, flottant dans le vide, émettant différentes couleurs, comme un arc-en-ciel. Ces planètes traversaient le ciel avec lenteur, et majesté. Parfois, deux d'entre-elles passaient si proches l'une de l'autre qu'on s'attendait à ce qu'elles entrent en collision. Mais elles ne le faisaient pas. Au lieu de ça, l'une des planètes engloutissait l'autre, ne faisant plus qu'une seule planète, légèrement plus grande que les deux qui avaient existé jusqu'à cet instant. Alors que leurs yeux s'habituaient à ces visions merveilleuses, les hommes entendirent un nouveau genre de musique, une musique qui les ensorcela tous. C'était la musique d'Erkki Santanen, ou le genre de musique qu'Erkki voulait recréer avec ses instruments. Et une fois que cette musique se serait emparée de leurs esprits, elle ne lâcherait plus jamais prise.

L'un après l'autre, les hommes franchirent le seuil, quittant la pièce sous la cave pour flotter dans l'espace bleuté. De toutes façons, ils n'avaient plus le choix. En effet, lorsque l'homme qui travaillait au Conseil avait regardé par dessus son épaule, il avait constaté que les escaliers avaient disparu.